La bibliothèque Gallimard

Source des illustrations

Couverture : Photo © Ryuichi Sato/Getty Images (détail).

Corbis/I. Norinski : 144. Éditions Gallimard Jeunesse : 8. Getty Images/Chuck Keeler/Éditions Gallimard : 48, 49. Getty Images/Uriel Sinaï : 208. Rue des Archives/RDA : 143. Rue des Archives/Tallandier : 53, 142. Tardi/Libération : 212.

Jean Molla

Sobibor

Lecture accompagnée par
Marianne Chomienne
agrégée de lettres modernes
professeur en collège à Dol-de-Bretagne

La bibliothèque Gallimard

Florilège

«Je me suis raconté cette succession de scènes tant de fois que j'ai l'impression qu'elles font partie de mon histoire. Ce sont mes souvenirs désormais.»

«– Je devrais te haïr mais je n'y parviens pas! Je veux partir d'ici et oublier! Jacques, emmène-moi! Emmène-moi loin de Sobibor, je t'en prie! »

« Sans le savoir, j'étais comme la femme de Barbe-Bleue : j'ignorais quel monstrueux placard je venais d'ouvrir.»

« J'étais abasourdie. Je me rendais compte que j'ignorais des pans entiers de l'histoire de ma grand-mère. Comme mes parents sans aucun doute. Au-delà du mythe, il y avait eu leur vie réelle et mes grands-parents avaient souhaité en taire certains épisodes.»

«C'était un cahier, un cahier d'écolier de couleur verte. Intriguée, je l'ai ouvert. J'étais sur le point d'appeler ma mère mais j'ai lu, sur la première page : *Journal de Jacques Desroches.*»

«J'ai eu la tentation, un instant, de m'arrêter là, de détruire ce cahier, de le brûler. Et puis j'ai compris que ça aurait été faire offense à ceux qui avaient trouvé leur fin à Sobibor.»

« Est-ce qu'on peut savoir ce qu'on ignore? Ça peut sembler idiot d'écrire cela, et pourtant… Je crois que j'ai toujours su ce qui était tu.»

«Je l'avais contraint à parler pour tous ceux qu'il avait voulu condamner à l'oubli. Un oubli pire que celui que le temps tisse. Un oubli haineux fait de cendres et de sang.»

« Il n'y a pas de pardon possible pour ce que tu as fait, pas de prescription, pas de compréhension. Pas d'oubli… »

Ouvertures

Un nouvel auteur dans un nouvel espace littéraire

Vous avez entre les mains un roman écrit spécialement pour des adolescents par Jean Molla. L'originalité de son thème et de son écriture va sans doute vous surprendre, peut-être vous dérouter, vous déstabiliser. Mais qui a dit que la lecture était un long fleuve tranquille ? Lire peut faire naître en vous de nombreux sentiments et diverses émotions : plaisir, joie, curiosité, tristesse, compassion, et tant d'autres. Lire peut vous amener à rêver mais aussi à comprendre et à réfléchir. Il se peut qu'un écrivain veuille vous guider loin de votre univers, sur les sentiers de l'évasion, mais il peut aussi vous provoquer, chercher à vous faire réagir pour que vous preniez conscience du monde tel qu'il est. La lecture n'est pas toujours confortable, ce n'est pas toujours un délassement mais on en sort parfois grandi, transformé, plus humain qu'auparavant.

Qui est Jean Molla ?

Jean Molla est né au Maroc en 1958. Il a passé sa jeunesse à Chinon, jeunesse déjà marquée par la lecture et l'écriture, puis c'est à Tours et Poitiers qu'il a fait des études littéraires. Avant de devenir professeur de français, il s'est essayé à différentes activités (apiculteur, professeur de guitare classique, guide de musée...). Aujourd'hui, il enseigne dans un collège de Poitiers.

Grand lecteur dans son adolescence et auteur précoce de récits non publiés, ce n'est qu'en 2000 qu'il ose envoyer ses textes à des éditeurs.

L'histoire de la publication de ses trois premiers livres est assez étonnante et mérite d'être racontée. Sur les conseils de sa femme, illustratrice de livres pour enfants, Jean Molla envoie une nouvelle à un éditeur, Grasset. Cette nouvelle, qu'il développe, va devenir un roman : *Copie conforme*. En attendant la réponse de l'éditeur, il se met à écrire un autre roman, *Sobibor*, et l'envoie à un second éditeur, Gallimard. Nouvelle attente, pendant laquelle il rédige son troisième livre qu'il envoie à un troisième éditeur, Rageot. Et voilà que les trois manuscrits sont acceptés et publiés : *Copie conforme* paraît chez Grasset, dans la collection « Lampe de poche », en 2001 ; la même année, Rageot publie, dans la collection « Cascade », *Le Duel des sorciers* et *Sobibor* sort en 2003 chez Gallimard dans la collection « Scripto ». Trois ans se sont donc écoulés entre le moment où le roman a été accepté et celui où il a été publié. Pourquoi tant de temps ? Gallimard avait bien une collection de livres pour adolescents – « Page blanche » – mais celle-ci s'arrêtait et s'adressait de toute façon à un public plus jeune. Une nouvelle collection pour adolescents – « Scripto » – est ensuite créée : le roman y trouve alors sa place. Pendant ce délai, Jean Molla n'a cessé de retravailler son roman, y apportant des changements de structure, le parachevant de loin en loin, jusqu'aux derniers jours avant la publication :

« Pendant ces trois années j'ai repris sans cesse le texte. C'est dans les dernières semaines par exemple que j'ai décidé de citer le poème d'Eluard, de faire reprendre le nom de Lachenal à Emma. C'est même dans les tous derniers jours que j'ai trouvé comment conclure le récit de façon circulaire en reprenant le paragraphe qui ouvre le texte et en modifiant simplement le temps utilisé. »

Depuis, Jean Molla ne cesse de publier, pour des lecteurs d'âges différents, des récits souvent primés et reconnus pour leur valeur littéraire. Son originalité, c'est de changer de genre, de registre, de public : il écrit aussi bien pour les plus jeunes que pour de grands adolescents, des albums, des comptines ou des romans qui demandent une certaine maturité. Il s'est même permis, chose rare, d'imposer un roman pour adolescents dans lequel aucun des personnages n'a moins de trente ans alors même que l'un des principes de cette littérature est de mettre en scène un personnage (ou plusieurs) de l'âge de son lecteur pour que celui-ci puisse plus facilement s'identifier à lui. Il a aussi choisi de ne pas se limiter à une seule veine d'écriture et il s'essaie, dans ses romans, à tous les genres littéraires : du roman fantastique au roman psychologique, de la science-fiction au roman policier, ses textes naviguent le plus souvent dans une zone intermédiaire, oscillant entre plusieurs domaines : vous pourrez ainsi lire, avec *Sobibor*, un roman réaliste mais aussi un roman historique et même le récit d'une enquête.

La littérature pour adolescents, un nouvel espace littéraire

Cela fait bien longtemps que les écrivains s'adressent à de jeunes lecteurs pour leur raconter des histoires. Souvent ces histoires avaient un but : il s'agissait d'éduquer les futurs adultes à devenir des gens de qualité, à adopter une certaine façon de se comporter ou de penser. Depuis peu cependant, la littérature jeunesse se développe à grande vitesse et apparaît une nouvelle catégorie, celle de la littérature pour adolescents, à mi-chemin entre littérature de jeunesse et littérature générale. Les frontières entre ces catégories sont d'ailleurs perméables : c'est ainsi que Gallimard a d'abord publié la trilogie de Philip Pullmann *A la croisée des mondes* en collection « Folio junior » (collection pour adolescents) avant de la reprendre en « Folio Science-Fiction » (collection pour adultes). D'autres titres ont connu un cheminement inverse, passant de la littérature générale pour adultes à des collections pour adolescents. Les collections spécialisées se multiplient : « Pocket jeunes adultes », « Autres Mondes » (Mango), « doAdo » (Éditions du Rouergue jeunesse), « Lampe de poche » (Grasset), « Confessions » (Éditions de La Martinière), « Millézime » (Bayard), « Tribal » (Flammarion), « Médium » (L'école des loisirs), « Métis » (Rageot)...

Jean Molla revendique cet espace littéraire de transition entre les lectures de l'enfance et celles de l'âge adulte et imagine souvent des histoires qui se situent à la charnière entre ces deux âges.

Jean Molla

Entretien avec Jean Molla : « Nous sommes condamnés à nous interroger. »

Le livre, de par ses thèmes et les scènes qui le composent, est un livre qui peut sembler difficile, à quel public l'adressiez-vous en l'écrivant ?

Sobibor est le second texte que j'ai écrit, après *Copie conforme*, un texte ouvertement écrit pour la jeunesse. En travaillant ce roman, je n'ai pas choisi d'obéir à un schéma préconçu ou nécessairement facile parce que je m'adressais à un public « jeune ». J'ai écrit un roman « jeunesse » mais les techniques d'écriture ne sont pas nécessairement des techniques de littérature jeunesse. Je l'ai envoyé à un éditeur jeunesse parce que je venais d'écrire un premier livre jeunesse, un peu par hasard, et cet éditeur l'a accepté. Ce qui m'intéresse c'est d'importer des techniques littéraires propres au roman pour adultes dans ce qu'on nomme la « littérature jeunesse ».

De même, d'un point de vue du traitement des personnages, il m'intéressait de jouer sur leur ambiguïté, d'échapper aux stéréotypes : Jacques est aussi un être humain, capable de bonté, qui aime ses enfants, Emma n'est ni gentille ni méchante.

Dans plusieurs de vos livres on retrouve des filiations entre les personnages, les thèmes : en avez-vous eu conscience ?
On se découvre après avoir écrit plusieurs livres une thématique récurrente, puis on peut l'approfondir de roman en roman. Le thème de la dualité revient dans chaque livre : Desroches est un être double, monstrueux de froideur et profondément humain finalement. Dans *La Fille aux semelles de vent,* Catherine devient Kate, dans *Djamilla*, l'héroïne se dédouble et parle d'elle à la deuxième personne, *L'Attrape-Monde* est fondé sur un jeu de miroirs. Se rattache à ce thème celui du mensonge, à la fois latent et manifeste.

La littérature a-t-elle un rôle ?
J'aime bien la phrase de Danièle Sallenave selon laquelle la littérature est un moyen de « revisiter le monde ». Selon Milan Kundera, « le roman est l'art de l'indécision ». La littérature peut amener à comprendre que rien n'est simple, manichéen, que nous sommes condamnés à nous interroger.

Vous avez donc la chance de tenir dans les mains le livre d'un auteur qui ne vous parle plus comme il parlerait à des enfants mais bien plutôt qui vous considère dans votre progression vers l'âge adulte, d'un auteur qui va vous mettre face à des réalités pénibles et difficiles, mais dont la connaissance pourra vous enrichir, vous lester d'un poids de conscience et de réflexions nouvelles.

Sobibor

pour Mapie

Aujourd'hui, j'ai vomi pour la dernière fois.

Je suis allée aux toilettes, je me suis agenouillée et j'ai introduit mon index tout au fond de ma gorge. Il a suffi d'un frôlement pour que le hoquet libérateur me secoue. J'ai senti le contenu de mon estomac remonter et gicler par ma bouche ouverte, y causant au passage une brûlure acide. Mes yeux se sont remplis de larmes. Je me suis redressée, j'ai essuyé mes lèvres avec du papier et j'ai tiré la chasse.

Je ne sais pas si je dois essayer de suivre la chronologie des faits ou m'abandonner aux souvenirs. Peut-être ferai-je un peu des deux, jusqu'à ce que quelque chose jaillisse. Peut-être vais-je essayer de vomir en mots ce que j'ai des mois durant vomi en silence. Nourritures à peine digérées me lacérant la gorge, me laissant épuisée, douloureuse. Nourritures avalées comme une forcenée[1], pour me faire taire, ou pour remplir ce vide immense au-dedans de moi. Vide trop grand pour mon corps de jeune femme. Vide qui me mangeait de l'intérieur, qui menaçait de m'engloutir.

1. Forcenée : qui n'a plus sa raison, folle.

Vide qui creusait mes joues et mes côtes. Vide qui se nommait Sobibor, et que j'ignorais.

Mais je vais trop vite. Je dois refaire le chemin inverse. Pour moi. Pour les autres.

Je n'ai jamais vécu ce qui va suivre, je n'en sais que l'essentiel. Les faits se sont-ils passés exactement comme je vais les relater? J'en doute fort. Mais est-ce ce qui importe en définitive? Je me suis raconté cette succession de scènes tant de fois que j'ai l'impression qu'elles font partie de mon histoire. Ce sont mes souvenirs désormais.

Eva Hirschbaum a été arrêtée avec son fils et son mari dans la ville d'Amsterdam, au printemps de 1943. J'ignore quasiment tout d'eux. Je n'ai jamais vu qu'une photo d'elle et d'elle seule. Je ne sais pas ce qu'ils faisaient dans la vie, ce qu'ils aimaient. Je ne sais que leurs noms et ce qu'ils sont devenus.

Ils avaient cru pouvoir échapper aux persécutions quelques années auparavant, quand ils avaient fui l'Allemagne et s'étaient réfugiés en Hollande. Mais les nazis n'oubliaient personne. On les a arrêtés puis conduits dans le camp de regroupement de Westerbork[1]. Ensuite, on les a forcés à monter dans un wagon, sans leur dire où on les menait. Ils y sont restés cloîtrés[2] plusieurs jours, sans manger, sans boire, malgré la chaleur, la promiscuité[3], l'épuisement. Privés de tout, abandonnés de tous. J'ai peine à imaginer ce qu'ils ont pu éprouver, passant ainsi de

1. Westerbork : camp situé dans le nord-est des Pays-Bas. De 1942 à 1944, il a servi de camp de transit pour les Juifs néerlandais avant leur déportation dans les camps d'extermination.
2. Cloîtrés : enfermés.
3. Promiscuité : l'entassement des gens.

la condition d'homme à celle de bétail, comment ils ont pu accomplir les gestes les plus humbles[1] et les plus secrets de l'existence, serrés comme ils étaient les uns contre les autres, comment ils ont fait pour trouver la force de conserver un semblant de dignité, d'humanité.

Parfois, je parviens à me représenter avec une acuité[2] qui me laisse exsangue[3] leur crainte, leur douleur, leur humiliation. Mais la plupart du temps, mon esprit devient de glace et reste à la surface des mots. Je peux tout réciter mais je ne comprends rien.

Le mari d'Eva n'a pas survécu au trajet, comme tant d'autres. Il est mort juste avant le terme de leur voyage. Était-il malade ? A-t-il été maltraité ? Quelles ont pu être les dernières pensées de cet homme, sachant qu'il abandonnait ceux qu'il aimait ? Quelles ont été ses souffrances ? Qui a-t-il prié ? Et qui a pleuré sur lui ? Après.

Pas elle et son fils. On ne leur en a pas laissé le temps. Ils sont arrivés à Sobibor, en Pologne. Ont-ils seulement su le nom de ce lieu ? Ont-ils eu le temps de regarder les champs, les forêts de sapins à perte de vue ? Faisait-il beau, ce jour où ils sont morts ?

Au sortir du wagon, Eva a contemplé, incrédule, la rampe d'accès sommaire[4] qui menait de la gare au camp, la clôture de barbelés et les baraquements de bois brut qui se dressaient un peu plus loin. Elle a immédiatement compris que le pire était à venir. Serrant contre elle Simon, son fils, elle s'est laissé emporter, dans une cohue bruyante et terrifiée. Des hommes en uniforme, armés de gourdins, visages

1. Humbles : simples , sans prétention.
2. Acuité : précision, finesse.
3. Exsangue : vidée d'énergie, de vitalité.
4. Sommaire : très simple, peu travaillée.

fermés, les ont conduits sur une aire dégagée, au centre du camp. Ils ont aperçu, derrière eux, les hautes silhouettes écrasantes des miradors. Certains ont dû savoir qu'ils finiraient leurs jours ici. Les autres devaient espérer, de toutes leurs forces. Qu'aurais-je fait, moi ?

On les a bercés de paroles destinées à les rassurer. Ensuite, on a séparé les hommes, les femmes et les enfants. On a détaché de ses bras Simon, qui ne voulait pas l'abandonner. J'imagine leurs pleurs, leurs cris, les ordres aboyés. L'odeur de sueur, la peur sur les visages, les coups, le désespoir. Eva a vu son fils partir avec une petite colonne de gamins. Mais, comme ils tournaient au coin d'un bâtiment, Simon s'est sauvé et a couru vers elle. Eva s'est précipitée et l'a pris dans ses bras. Un homme s'est avancé alors en jurant et leur a ordonné de retourner à leurs places respectives. Ce n'était pas un Allemand. Eva, machinalement, a relevé son accent étranger. Elle a supplié l'inconnu de ne pas les éloigner l'un de l'autre. Simon s'accrochait à elle comme un qui se noie. L'homme a arraché l'enfant à sa mère, a sorti son arme et, sous les yeux de celle-ci, l'a abattu.

Il souriait.

J'imagine Eva. Je la vois. Je suis Eva. Au-dedans d'elle, il y a un grand vide soudain. Le monde s'est tu. Devant elle, il y a une petite forme recroquevillée qui était son amour, sa vie. Devant elle, il n'y a plus rien.

Je ne crois pas qu'elle a fait un mouvement quand il a posé son arme sur son front et qu'il a tiré. Je ne pense pas qu'elle l'a seulement vu. Eva avait déjà pris congé de l'humanité. Cet homme par son geste avait aboli[1] le monde des hommes.

1. Aboli : supprimé.

CHAPITRE 1

C'est mon père qui est venu me chercher. Quand on l'a fait entrer dans la pièce où j'attendais, j'ai lu dans ses yeux un mélange de colère, de honte, de douleur. De la tristesse aussi. Ça m'a rassurée. Le directeur s'est levé, l'a pris par le bras et ils sont sortis. J'ai entendu, à travers la porte, une bouillie de mots. J'en ai reconnu quelques-uns, à la volée : *deuil, hôpital, maladie, comprendre.* J'ai eu envie de hurler, de dire que ça n'avait rien à voir, que je n'avais pas d'excuses, qu'ils pouvaient m'enfermer encore ! Je me suis contentée de mordiller mes ongles. La voix du directeur ronronnait. Elle était calme, bienveillante, comme lorsqu'il m'avait parlé, une demi-heure plus tôt…

– Vous avez faim, mademoiselle ?

Il considérait avec effarement mes joues creuses, mes yeux cernés, mon corps squelettique que mes vêtements trop larges dissimulaient tant bien que mal. Ses yeux se sont attardés sur mes mains et il a réprimé un frisson. J'ai respiré un bon coup et je me suis redressée sur ma chaise.

Les vigiles m'avaient attrapée alors que j'essayais de passer les caisses avec quatre paquets de gâteaux planqués dans les poches de mon manteau. Après les formules d'usage, ils m'avaient traînée jusqu'à son bureau. Je m'étais laissé faire. Dans le fond, je m'en foutais ! Ça mettait un peu d'animation dans leurs vies à la con.

Le directeur a répété sa question.

J'ai secoué la tête et j'ai fixé mes pieds.

– Vous êtes malade ?

J'ai haussé les épaules.

– Vous avez des parents ?

Ça devait y aller les supputations[1], sous son crâne de bureaucrate[2]. Bingo, une orpheline ! Cosette en personne, si ça se trouve…

J'ai relevé mes yeux, les rivant aux siens, avec mon air de tête à claque.

– Évidemment. Pas vous ?

Il a battu des paupières puis il a enchaîné, ignorant ma question :

– Pourriez-vous me donner le numéro de téléphone de vos parents, s'il vous plaît ? Vous n'avez pas dix-huit ans, je suppose. J'ai l'obligation légale de les contacter.

J'aurai dix-huit ans dans quelques semaines. J'ai failli le lui dire. J'ai préféré laisser tomber. Qu'est-ce que ça aurait changé, de toute façon ? J'ai cédé. Il a pris soin de brancher le haut-parleur et il a appelé chez moi. Une expression déconcertée est apparue sur son visage quand il a entendu : « *Cabinet du docteur Lachenal…* » Il a rapidement expliqué ce qui s'était passé. Voix ferme et posée. Professionnelle. Mon père a déclaré qu'il arrivait immédiatement.

1. Supputations : hypothèses.
2. Bureaucrate : employé de bureau (péjoratif).

On est restés silencieux de longues minutes. Le directeur me dévisageait, interloqué. Il a fini par demander :

– Votre père est médecin ?

Quand on voit la gueule que je me paye, on ne m'imagine pas issue d'une bonne famille, bien élevée, avec des parents pleins de fric, qui fréquentent la meilleure société d'Angoulême.

– Je n'ai pas l'allure d'une fille de toubib, peut-être ? Ça va changer quoi, de toute façon ? Vous ne poursuivez que les pauvres ?

Il a soupiré, a posé ses mains à plat sur son bureau encombré de documents et m'a regardée. C'était un homme jeune, plutôt mignon, avec une tête de bon élève. Le genre costume-cravate, comme mon père. Sa maman devait être fière de lui.

Il a ouvert la bouche, l'a refermée. Je crois que je commençais à lui taper sur les nerfs. C'est ce que je cherchais, après tout.

– On poursuit aussi les riches, mais dans un cas comme dans l'autre, on essaie d'abord de comprendre pourquoi ils volent.

– C'est dans les écoles de commerce qu'on vous apprend ça ?

Il m'a jeté un regard que je n'ai pas aimé. J'y ai lu quelque chose qui ressemblait à de l'exaspération. Ou du mépris. Ou de la pitié.

– Non, mademoiselle, c'est dans la vie, jour après jour. Ce n'est pas ma fonction qui me dicte ce que je dois faire.

Il avait parlé lentement, posément, insistant sur chaque mot. Qu'est-ce que je pouvais répondre à ça ?

Je me suis sentie glisser. Une fois de plus, j'allais me ramasser. Il m'a scrutée à nouveau. Longtemps, en silence, mais avec une intensité qui m'a mise mal à l'aise. Qu'est-ce qu'il me voulait, ce type ? Je ne suis pas intéressante. Je suis mal dans ma peau. Je suis moche. Je n'ai rien à donner. J'ai tout foiré : Julien, le lycée. Ma mort.

Et j'ai la trouille. La trouille de ce qui me reste à faire.

Derrière lui, la fenêtre découpait un rectangle de ciel bleu. Un brouhaha confus traversait les cloisons trop minces : musique, voix, cris, appels, ronflements de moteurs. Signaux d'un monde auquel j'étais devenue étrangère.

Il m'a demandé à brûle-pourpoint :

– Vous avez des problèmes, mademoiselle ?

Mademoiselle, encore ! Je m'attendais à la leçon de morale mais pas à cette politesse que je ne méritais pas. Je l'ai quand même fermée. Je n'allais pas lui raconter que si j'avais volé quatre paquets de gâteaux, sans effort de discrétion particulier, c'était pour les bouffer le plus vite possible et aller les dégueuler aussi sec dans les toilettes les plus proches ! Celles de son supermarché, si possible.

– Comment vous appelez-vous ?

J'ai failli lui raconter des salades, lui balancer un prénom débile. Mais il n'avait pas l'air de se ficher de moi et puis c'était tellement facile de vérifier. J'ai dit :

– Emma… Emma Lachenal.

– J'imagine que c'est la première fois que vous volez, Emma ?

Je n'ai pas eu le temps de répondre. On a frappé à la porte et une secrétaire a fait entrer mon père.

Papa était tout raide, devant le bureau, évitant soigneusement de croiser mon regard, plongé dans la contemplation des paquets de petits-beurre soigneusement disposés les uns à côté des autres. Il a proposé de les payer. Le directeur a rejeté sa proposition d'un geste et lui a fait promettre de le tenir au courant de *la suite des événements*. Ils se sont salués, cordialement, en individus du même monde. Le directeur est venu vers moi, l'air grave. Il a pris ma main, l'a serrée fort entre les siennes et m'a dit :

– Au revoir, Emma, promets-moi de faire attention à toi.

Le tutoiement m'a désarçonnée. Pourquoi ce mec que je ne connaissais ni d'Ève ni d'Adam me demandait-il de me préoccuper de moi ? Mes yeux se sont embués et j'ai bredouillé un oui pitoyable. Mon père a donné le signal du départ. J'ai jeté un dernier regard au directeur. Il m'a souri et je suis sortie. La secrétaire nous a raccompagnés, mon père et moi, à l'entrée de service et nous a abandonnés après un au revoir poli.

On a descendu les escaliers l'un derrière l'autre, on a traversé le parking et on a rejoint la voiture. Mon père a conduit en silence jusqu'à la maison. J'attendais qu'il me parle, qu'il crie, qu'il m'engueule. J'aurais voulu qu'il me demande pourquoi j'avais volé, si j'avais fait exprès de me faire prendre, si je regrettais. Il ne m'a pas interrogée. Il n'a rien dit. Il regardait devant lui comme si la route était la chose la plus importante qui soit au monde. Il a fait comme il fait toujours, comme si ce qu'on a fait, même le pire, n'avait jamais existé…

Il a franchi la grille de la cour et il s'est garé devant le perron, brutalement, faisant crisser le gravier sous les roues. Ses traits étaient impassibles[1]. Je suis descendue, les muscles tendus comme des câbles et j'ai claqué la portière. J'ai fait le tour de la maison et je suis passée par la porte de

1. Impassibles : qui ne laissent voir aucune émotion.

derrière. J'étais seule. Mon père retrouvait son cabinet et ses patients. Ma mère était absente. Je suis allée jusqu'au buffet de la cuisine, je me suis accroupie et j'ai pris sur l'étagère du bas une boîte de nourriture pour le chat. Je l'ai ouverte, j'ai pris soin de jeter le couvercle à la poubelle et j'ai tout avalé, enfonçant mes doigts dans le magma gluant, l'enfournant, le poussant dans ma bouche avec frénésie. C'était salé, gélatineux, ignoble, mais je me fichais pas mal de ce que j'étais en train d'ingurgiter, de ce qu'il pouvait y avoir d'humiliant à engloutir ma pâtée visqueuse, comme un animal.

Je voulais me faire taire, une bonne fois pour toutes.

Quand la boîte a été vide, j'ai couru aux toilettes et j'ai vomi, par saccades, des trucs immondes. Ça m'a fait mal. Mon estomac était agité de spasmes violents. J'ai eu l'impression que tout allait s'arracher là-dedans. Que ça allait casser définitivement. J'ai paniqué. En voulant me relever, j'ai glissé et mon front a heurté la cuvette. Un claquement sec et dur a résonné à travers les os de mon crâne. Je n'ai pas eu le temps de percevoir la douleur, de crier. Je suis tombée dans les pommes.

C'est ma mère qui m'a trouvée. Elle avait aussi trouvé la boîte vide sur la table de la cuisine. Mes parents m'ont portée dans ma chambre, au premier étage. Quand mon père m'a pansée, je me suis à moitié réveillée. Il m'a fait une piqûre et j'ai de nouveau plongé.

J'ai rêvé, cette nuit-là.

Je marche dans la maison silencieuse. C'est le soir et je vérifie que tout est en ordre avant d'aller me coucher. Soudain, je remarque dans le couloir la porte d'une chambre que je n'ai jamais vue auparavant. Elle est entrouverte. La lumière est allumée à l'intérieur. Je ne suis pas surprise de l'existence de cette pièce. C'est inexplicable, mais je sais qu'elle a toujours été là. Depuis toujours. Ma seule préoccupation pour l'heure est d'éteindre cette foutue lumière. Je m'approche et je passe le bras par l'entrebâillement pour appuyer sur l'interrupteur que je sais être sur le côté, à la hauteur de ma poitrine. Je tâtonne un peu et je le trouve. Satisfaite, j'appuie. Mais au moment où la lumière s'éteint, je sens qu'on m'agrippe et qu'on cherche à m'attirer dans l'obscurité. Affolée, je m'arc-boute pour ne pas être entraînée. Je ne veux pas aller de l'autre côté. Je sais qu'il y a là quelque chose d'indicible, quelque chose d'innommable qui s'y tapit, qui m'attendait depuis longtemps et qui veut m'emporter, me faire disparaître définitivement. On me tire de plus en plus fort. Mes bras commencent à céder. Je me laisse entraîner vers ces ténèbres. Je ne peux rien faire d'autre que hurler…

Mes cris ont réveillé mes parents. Affolée, ma mère s'est précipitée à mon chevet. Mon père m'a refait une injection de calmants. Je me suis rendormie, d'un sommeil sans rêves cette fois. Comme je glissais dans la nuit, il m'a semblé qu'il m'embrassait sur le front.

CHAPITRE 2

Il faisait grand jour quand je me suis réveillée, la tête lourde, avec un goût épouvantable dans la bouche. Je me suis longuement douchée et je suis descendue, les jambes molles. Ma mère était à la cuisine et se préparait du thé. Elle n'a fait aucun commentaire sur ma crise de la veille. Je m'y attendais un peu.

Maman ne souhaitait sûrement pas que je retourne à l'hôpital. Ça fait désordre, une fille de médecin chez les fous ! Et puis, si les psys avaient accepté de me laisser revenir à la maison, c'est que mon état physique ne justifiait plus une hospitalisation forcée.

J'étais convaincue de savoir ce que mes chers parents pensaient dans leurs petites têtes de parents comme il faut. *Regagner le centre aurait sans doute risqué de raviver le passé. Qu'était cette malheureuse rechute par rapport à sa dépression des mois passés ? Il fallait qu'Emma retrouve son équilibre. La psychothérapie qu'elle avait accepté d'entreprendre devrait lui permettre d'atteindre cet objectif.*

Un programme de rêve…

On a pris le petit déjeuner ensemble, maman et moi. Elle

était très élégante dans son nouveau tailleur pied-de-poule[1] et s'agitait, babillait, comme elle le fait toujours quand les événements lui échappent. Elle m'a regardée du coin de l'œil avaler deux tartines beurrées et un bol de lait sucré. Mouvement imperceptible de ses lèvres qui calquaient le mouvement des miennes. Déglutition complice. Plissement satisfait des paupières. Ma mère accomplissait son devoir de mère.

Elle alignait les banalités avec une belle constance mais je voyais bien qu'elle n'osait pas me parler franchement. J'ai eu la tentation de balancer mon bol sur son tailleur. J'ai préféré l'attaque frontale.

– Papa t'a raconté, pour hier ?

Maman a paru soulagée que ce soit moi qui mette le sujet sur le tapis. Elle a tapoté sa coiffure et replacé quelques mèches rebelles avant de répondre :

– Bien sûr. Ne t'inquiète pas, le directeur du supermarché lui a assuré qu'il ne portera pas plainte. C'est un jeune homme très bien, m'a dit ton père.

– Rien d'autre ?

Elle m'a fixée d'un air interrogateur.

– Comment ça ?

– Ben oui ! Tu ne me demandes pas pourquoi j'ai volé ces paquets de gâteaux alors qu'avec le fric que vous me filez je peux en acheter autant que je veux ? Tu ne vas pas me dire que ça ne t'a pas traversé l'esprit !

Mes joues étaient cuisantes. Voyant que je m'emportais, ma mère a voulu prendre ma main. Je l'ai retirée sans qu'elle ait eu le temps de la toucher.

– Si je comprends bien, tout ce qui t'intéresse, c'est qu'il ne porte pas plainte. Le reste, tu t'en fous !

1. Pied-de-poule : tissu imprimé qui présente une sorte de damier.

– Avec ton père, on a pensé…

– Je ne te demande pas ce que tu as pensé avec mon père, je te demande ce que *toi* tu penses !

Ma mère a pris l'air d'une grosse volaille idiote. Elle tournait la tête de tous les côtés avec une mine effarée. J'ai cru qu'elle allait pleurer. Elle m'a jeté un regard terrifié, comme si j'étais un bourreau qui prenait plaisir à la faire souffrir.

– Pourquoi me parles-tu de cette manière ? C'est toi qui voles, on ne te punit pas et tu te permets de prendre un ton accusateur.

J'en ai rajouté une louchée, indifférente à ses remarques. C'était presque trop facile.

– Et toi, pourquoi tu ne me demandes pas les raisons de ce vol ? Papa non plus ne m'a rien demandé hier !

– Il a cru bien faire…

– Tu parles ! Il est pas fort en psychologie, pour un médecin.

Maman a secoué la tête. Mes paroles la dépassaient. S'entortillant les mains avec nervosité, elle a lâché :

– Bien ! Alors pourquoi as-tu volé ces paquets de gâteaux, Emma ?

– Pour qu'on m'arrête…

Si je l'avais frappée avec un gourdin, elle n'aurait pas été plus surprise. Elle a dessiné un joli rond avec ses lèvres. J'ai cru qu'elle allait rester pétrifiée, comme ça, avec cette expression imbécile sur le visage, mais elle a laissé tomber, accablée :

– Tu veux aller en prison ?

– T'es bouchée ! Tu ne comprends rien ! Jamais rien !

Je me suis levée et je suis sortie dans le jardin. Le long du mur, les lilas commençaient à fleurir. Je me suis approchée pour sentir leur odeur sucrée. Un instant, j'ai songé que j'allais courir chercher quelque chose à bouffer et m'en remplir jusqu'à éclater. Jusqu'à en crever.

Un bourdon est venu tourner autour d'une énorme grappe mauve, comme si je n'existais pas. Il s'est posé et a commencé à se dandiner de fleur en fleur, dardant une drôle de petite langue élastique et molle qu'il enfonçait tout au fond des calices. J'étais fascinée par son application, ses acrobaties balourdes et obstinées. Je me suis calmée d'un seul coup. J'aurais voulu être comme lui finalement, mener une vie minuscule, sans importance, ignorante d'elle-même et tellement sérieuse pourtant. Sans pensées. Sans passé.

Et puis, comme d'habitude, c'est remonté d'un coup.

C'était il y a un an, j'avais seize ans et demi, pas mal de kilos en plus. J'étais amoureuse. Mamouchka était toujours vivante et je ne connaissais pas encore la violence qui se cachait en moi.

Ma grand-mère partait en lambeaux depuis plusieurs mois. Elle n'avait plus goût à rien, plus de forces, plus d'envies; elle décrochait doucement malgré les efforts des médecins et nos soins constants. Sa tumeur au cerveau avait été diagnostiquée l'année précédente mais l'opération chirurgicale et la chimiothérapie qui avaient suivi s'étaient vite avérées[1] inefficaces. Pire, le traitement la déglinguait encore plus : Mamouchka maigrissait, vomissait constamment. Sans jamais se plaindre. Son grand âge jouait en sa faveur, nous avait expliqué mon père, et permettrait, peut-être, une évolution lente de sa maladie. J'évitais de me ber-

1. Avérées : révélées.

cer d'illusions. Dans le meilleur des cas, il lui restait un an à vivre. Dans le pire… Quoi qu'on fasse, elle finirait par être emportée. Nous le savions tous. Tous, sauf elle. Le cancer s'était évanoui de sa mémoire. Elle se contentait de déplorer ces fatigues passagères qui lui vidaient le corps et l'esprit.

J'étais folle de ma grand-mère et je l'admirais beaucoup. C'était une merveilleuse musicienne, comme je ne le serai hélas jamais. Elle avait commencé à étudier le violon très jeune, à Varsovie, sa ville natale, et l'avait enseigné pendant la plus grande partie de sa vie. Mamouchka s'était mise au piano sur le tard, juste après ma naissance, dans le seul but de me l'apprendre. Et puis l'arthrose l'avait peu à peu privée de ses mains. Elle était devenue incapable d'exécuter le moindre morceau. Un jour, elle avait rangé son violon dans son étui et rabattu le couvercle de son clavier, sans regrets apparents, comme une page que l'on tourne. Moi, je continuais à m'user les doigts sur l'aria des *Variations Goldberg*[1]. Pour elle. Rien que pour elle. Parce qu'elle la plaçait au-dessus de tout. Elle m'écoutait, les yeux fermés, attentive à chaque note, à chaque nuance. Quand j'avais fini de jouer, elle posait sa vieille main blessée sur mon bras et disait :

– C'est bien, Emma.

Je savais que ce n'était pas vrai, que j'avais joué sans talent, sans grâce, sans esprit. C'était sans importance. Ce qui comptait, c'est que l'on soit ensemble et que le temps nous épargne encore un peu.

Dès que je le pouvais, je lui rendais de longues visites. Dans ces moments-là, je me persuadais naïvement que rien

1. L'aria des *Variations Goldberg* : célèbre morceau pour piano de Bach.

ne pourrait nous séparer. Mais, au fond de moi, quelque chose grattait, fouissait, rongeait sans cesse et une voix mauvaise me répétait : *Oublie-la. Bientôt, tu ne la verras plus.* Parfois, sur sa demande, je passais la nuit avec elle. Mon grand-père, insomniaque depuis des années, restait en bas, dans son bureau, à lire ou à écrire.

Un soir d'avril, nous nous sommes endormies plus tard que d'ordinaire. Nous étions allongées dans le noir et j'avais besoin de m'épancher[1]. Ma grand-mère avait patiemment prêté l'oreille à mes confidences. Je pouvais tout dire à Mamouchka, tout lui avouer, bien plus qu'à ma mère. J'avais abondamment parlé de Julien, mon copain depuis un an, de mes désirs, de mes appréhensions[2], de mes projets. Elle m'avait conseillée comme elle savait si bien le faire.

Ensuite, malgré sa mémoire vacillante, Mamouchka m'avait à son tour raconté des histoires de sa jeunesse, en Pologne, avant la guerre. J'adorais ces récits où elle avait seize ans, elle aussi, ces souvenirs d'un monde que je ne connaîtrais jamais, mort qu'il était depuis si longtemps, emportant avec lui la plupart de ceux qu'elle avait connus : ses parents, Wielki, son professeur de violon, Helena, sa seule véritable amie. Cette nuit-là, je l'avais accompagnée à Varsovie pour de longues promenades le long de la Vistule, j'avais parcouru en sa compagnie la place du Marché et le damier des vieilles rues qui l'entouraient, puis le Château royal, le palais de Wilanov.

Elle n'avait jamais voulu y retourner. Varsovie – elle disait *Warshava* – avait été presque entièrement détruite

1. S'épancher : se confier, dire ses sentiments.
2. Appréhensions : craintes.

par les bombardements, en 1944. La ville qui avait été reconstruite n'était plus la sienne. Moi, j'avais l'impression que j'aurais pu m'y promener les yeux fermés. Sa mémoire était la mienne.

Tandis qu'elle parlait, la lassitude l'avait peu à peu gagnée, ses phrases s'étaient faites plus rares, plus confuses et elle avait glissé dans le sommeil sans même s'en apercevoir.

J'allais à mon tour m'assoupir quand Mamouchka a marmonné. J'ai reconnu des sonorités familières : elle parlait polonais ! Quand j'étais petite, ma grand-mère m'avait chanté des berceuses dans sa langue maternelle. C'était pour moi la langue d'un passé oublié, enfoui, la langue d'ancêtres inconnus, dont j'ignorais quasiment tout.

Brusquement, Mamouchka s'est exprimée en français :

– *Jacques, je ne veux plus rester ici. Comprends-moi, je n'en peux plus ! Sais-tu seulement son nom ? Moi, je le sais. Elle s'appelait Eva... Eva Hirschbaum !*

Mamouchka rêvait ! Je ne comprenais rien de ce qu'elle racontait. Qui était ce Jacques avec qui elle croyait converser ? A ma connaissance, aucun de leurs amis ne portait ce prénom et jamais je ne l'avais entendu dans la bouche de ma grand-mère. Elle avait adopté un ton inhabituel, une voix que je ne lui connaissais pas. Suppliante, presque geignarde[1]. D'ailleurs, était-ce vraiment un rêve ou revivait-elle une scène d'autrefois ?

Je n'ai pas eu le temps de m'interroger davantage. Ma grand-mère s'est violemment agitée puis s'est adressée de nouveau à son mystérieux interlocuteur :

– *Je devrais te haïr mais je n'y parviens pas ! Je veux*

1. Geignarde : pleurnicharde.

partir d'ici et oublier ! Jacques, emmène-moi ! Emmène-moi loin de Sobibor, je t'en prie !

Elle avait crié. J'ai eu peur que mon grand-père l'entende et s'inquiète. J'ai allumé la lampe de chevet et je l'ai secouée. Doucement d'abord puis de plus en plus fort.

– Mamouchka, réveille-toi... Par pitié, réveille-toi !

Elle s'est redressée et a cligné les yeux, éblouie par la lumière. J'ai glissé mon oreiller derrière son dos et je l'ai aidée à s'asseoir. Elle m'a dévisagée sans me reconnaître. Ce n'était pas moi qu'elle voyait. Son regard était ailleurs, très loin d'ici.

– C'est moi, Emma !

Je l'ai secouée de plus belle. Elle grelottait, transie de peur ou de froid. Je l'ai entourée de mes bras, la serrant fort contre ma poitrine jusqu'à ce qu'elle se calme.

– Ça va ? ai-je enfin demandé. Réponds-moi !

Ma grand-mère s'est dégagée, a pris ma main et l'a étreinte avec une vigueur qui m'a stupéfiée. On aurait dit qu'elle venait de croiser une armée de fantômes.

– Tu as dit des choses bizarres dans ton sommeil.

L'expression ahurie qui animait ses traits la seconde d'avant s'est immédiatement dissipée. Ma remarque avait allumé une étincelle inquiète dans ses yeux. Mamouchka m'a considérée avec attention :

– Qu'est-ce que j'ai dit ?

– Des phrases sans suite. Un prénom : Jacques. Et puis aussi Eva Hirsch...

– Eva Hirschbaum.

Sa voix était à peine audible, mais suffisamment pour que je puisse reconnaître le nom qu'elle avait prononcé. Ce n'était donc pas un cauchemar.

– Exactement ! Qui est-ce ?

– Quelqu'un qui a vécu il y a très longtemps et qui a aujourd'hui disparu.

Ma grand-mère paraissait très affectée. Elle a ajouté :

– Elle te ressemblait un peu, *kotku**. C'était une jolie femme, blonde tout comme toi, avec de beaux yeux bruns. Elle avait un petit garçon, Simon…

– Tu les as bien connus ?

Mamouchka n'a pas répondu, comme sous le coup d'une émotion à peine supportable. J'aurais pu en rester là, mais j'ai deviné dans son silence quelque chose de profondément troublant. Je n'ai pas pu m'empêcher d'ajouter :

– Et tu as prononcé un nom bizarre aussi. Un truc comme Sobibor. Tu as dit : *Emmène-moi loin de Sobibor.* C'est où ?

Ses épaules se sont voûtées. Elle a baissé la tête, s'est refermée comme une huître. J'ai tenté de cacher mon embarras. Un gouffre s'était ouvert entre nous. Un abîme infranchissable. J'ai su à cet instant que ma grand-mère allait me mentir, parce que j'avais entrevu un territoire de son passé auquel elle ne souhaitait pas que j'aie accès. Il y avait tant de choses que j'ignorais de ce chaos qu'avait été sa jeunesse : la guerre, la fuite, l'exil. Mais jamais jusqu'alors elle n'avait refusé de me répondre. Et encore moins fait semblant d'avoir oublié.

– Je ne sais plus, *moja droga***. Tu as dû mal entendre. Il est tard. Il nous faut dormir maintenant.

Je me suis obstinée :

– Et Jacques, qui c'est ?

* «Mon petit chat», en polonais. *(Toutes les notes appelées par astérisque sont de Jean Molla.)*
** «Ma chérie».

Elle a tiré les draps sous son nez et a baissé ses paupières.

– Il est mort lui aussi, pendant la guerre... Dors.

Mamouchka m'a embrassée et s'est tournée. J'ai éteint la lampe mais je ne parvenais pas à trouver le sommeil. Les noms de ces gens qui avaient vécu bien avant ma naissance et qui étaient morts depuis si longtemps tourbillonnaient dans ma tête : Eva, cette femme blonde comme moi, Jacques, dont j'ignorais tout. Je ne pouvais m'empêcher de penser que, Mamouchka disparue, ils finiraient définitivement oubliés. J'en ai éprouvé un immense chagrin. Ma grand-mère respirait doucement. Je me suis serrée contre elle. Moi, je voulais me souvenir de tout. Ne jamais l'oublier, elle.

Ne jamais l'oublier.

Le lendemain, nous avons déjeuné en compagnie de mon grand-père. Mamouchka n'a fait aucune allusion à son « cauchemar » de la nuit et j'ai respecté son silence. En milieu de matinée, ils se sont rendus à l'hôpital pour sa séance de chimio. Je suis rentrée chez nous à pied, après une promenade le long des remparts. Les noms de la nuit me hantaient toujours. J'étais insatisfaite. Qui était ce Jacques ? Qu'était-il arrivé à cette Eva Hirschbaum ? Plus tard, je suis allée fouiner dans l'encyclopédie de mon père. J'ai cherché Sobibor et j'ai trouvé.

C'était bien chez elle, en Pologne.

Le bourdon a repris son vol lourd et sonore. Il a tourné deux fois autour de moi, comme s'il voulait me dire adieu et puis il a disparu. Maman m'observait par la fenêtre de la cuisine. Elle m'a adressé un petit signe de la main auquel je n'ai pas répondu. J'ai tendu mon visage vers le soleil. J'avais soif. De lumière, de chaleur.

CHAPITRE 3

Je dirai en temps voulu comment je suis entrée en possession du journal de Jacques Desroches. Au début, je l'ai lu par curiosité, avec le sentiment de commettre une simple indiscrétion. Sans le savoir, j'étais comme la femme de Barbe-Bleue : j'ignorais quel monstrueux placard je venais d'ouvrir. Ce récit, je l'ai lu et relu. Je m'en suis remplie jusqu'à la nausée, sans faiblir.

Pour comprendre…

Pour comprendre quoi ?

JOURNAL DE JACQUES DESROCHES

20 janvier 1942

Ce journal n'a pas l'ambition d'être exhaustif[1]. J'ai décidé de le tenir en pointillé : j'y noterai mes idées et les événements marquants de ma nouvelle vie. À mon intention dans un premier temps, à l'usage des autres par la suite, s'ils estiment pouvoir y puiser de quoi alimenter leur

1. Être exhaustif : tout raconter.

réflexion sur ce que les hommes de ma génération ont jugé bon et utile de faire.

Si, comme cela est probable, je meurs au front, je souhaite qu'il soit remis à ma mère : elle y retrouvera ma voix. J'espère enfin que ces mots qui lui sont destinés apaiseront son chagrin. Qu'elle sache que mes choix ont été faits sereinement, avec la conscience pleine et entière des risques encourus.

Le 11 décembre dernier, l'Allemagne et l'Italie ont déclaré la guerre aux États-Unis. Presque dans le même temps, l'armée du Reich a connu de sérieux revers face aux armées de Staline. La Wehrmacht a dû battre en retraite. Hésiter n'est plus de mise. J'ai, par conséquent, pris la décision de m'engager dans la Légion des volontaires français*. Je pars dans quelques heures. J'ai enfin trouvé le courage de me battre, de défendre les idées auxquelles je crois. Ainsi, mon combat ne restera pas un simple combat de mots. Je troque la plume contre le fusil, voilà tout. Doriot** approuvera mon geste, lui qui estime mes articles au point de m'avoir poussé à les publier. Son engagement sur le front russe, l'an dernier, m'a montré la voie, et mes convictions trouvent aujourd'hui dans cet acte leur aboutissement logique. Ce soir j'ai annoncé mon départ à ma mère. Depuis la mort de mon père, elle est ailleurs, murée dans son silence, plus lointaine qu'elle ne l'a jamais été. Elle n'a aucunement cherché à me dissuader. Depuis toujours elle partage mes idées sur la gan-

* LVF : Légion des volontaires français contre le bolchevisme. Créée en juillet 1941, elle fut intégrée à l'armée allemande et combattit sur le front soviétique.

** Doriot (Jacques) (1898-1945), homme politique français. D'abord secrétaire général des Jeunesses communistes, membre du comité central, il fut exclu du parti communiste. Il évolua vers le fascisme. Il contribua à la création de la Légion des volontaires français (LVF) et collabora avec l'Allemagne.

grène démocratique[1] qui était en passe de corrompre définitivement notre nation. Mon engagement est aussi le sien. Elle ne pouvait qu'y souscrire. Elle m'a promis d'écrire à Konrad von Lebbe, que mon père appréciait tant, afin de lui faire connaître mon arrivée prochaine en Allemagne et lui demander s'il peut quelque chose pour moi.

En l'embrassant, j'ai éprouvé le sentiment fugace, déchirant, que je ne la reverrai jamais. Je suis monté dans ma chambre pour préparer mes affaires, c'est-à-dire presque rien. J'ai ensuite parcouru avec émotion toutes les pièces de notre maison, cette maison où je suis né, où j'ai passé toutes les années de ma jeunesse, où mes convictions se sont forgées au contact de mon père et de ses amis. Je suis allé me recueillir sous le vieux chêne, au fond du parc, celui que tant de générations de Desroches ont vu grandir et s'épanouir.

Il était là, solide, imperturbable, accroché à ma bonne terre de France, s'en nourrissant depuis si longtemps qu'il en est devenu l'incarnation dans notre famille. J'ai passé mes mains sur son écorce, en éprouvant la rugosité, cherchant à y puiser la force dont j'aurai bientôt tant besoin. J'ai pensé que je serai peut-être mort dans quelques semaines ou quelques mois. Qu'importe. Je n'ai plus rien ni personne à attendre ici. Je préfère mourir avec les honneurs au cours d'une bataille plutôt que tomber à mon tour sous les balles des misérables qui ont assassiné mon père au prétexte qu'il coopérait avec les Allemands, quand il n'avait que l'intérêt national en tête.

Je vais me hâter d'oublier, malgré que j'en aie. Il ne sert

1. Gangrène démocratique : il pense que la démocratie est une maladie dangereuse qui pourrit son pays.

à rien de s'encombrer du passé. Un monde nouveau renaîtra des cendres du nôtre. Un monde jeune, plus fort, plus sain, épuré de ce qui le souille. Y aurai-je ma part? Serai-je de ceux qui contribueront à sa naissance? Je le souhaite et je m'y emploierai.

6 février 1942

Après un bref passage à Versailles, dans la caserne Borgnis-Desbordes*, où j'ai retrouvé avec plaisir d'autres jeunes gens qui portaient, comme moi, la chemise bleu sombre des doriotistes, je suis enfin arrivé à l'*Ausbildungslager* de Sennheim** en Alsace. Nous avons été accueillis chaleureusement. Avouons que peu de Français ont, pour l'instant, le courage de s'engager aux côtés des Allemands dans le combat pour le renouveau et la civilisation. Je veux dire dans le combat réel, celui où l'on risque sa peau.

J'ai le sentiment d'avoir retrouvé ici une seconde patrie. L'Allemagne nous montre la voie vers l'avenir. Comment ne pas être fasciné par l'ordre, la discipline, l'énergie incroyable de ce peuple? Comment ignorer sa jeunesse, sa ferveur, son aptitude à se dominer, sa volonté de puissance? J'ai repensé à cette phrase de Michelet*** que mon père aimait tant à mentionner : «Le monde germanique est dangereux pour moi. Il y a là un tout-puissant *lotos***** qui fait oublier ma patrie.»

Ai-je goûté au lotos? je le crois volontiers. J'aspire à un

* Où l'on regroupait les «candidats volontaires» à la LVF.
** Camp de formation des volontaires européens de la Waffen-SS entre 1941 et 1944.
*** Michelet (Jules) (1798-1874), historien et écrivain français.
**** Dans *l'Odyssée*, drogue qui fait perdre la mémoire aux compagnons d'Ulysse.

monde nouveau, débarrassé de ses scories[1]. Le peuple allemand me semble être celui qui en permettra l'avènement.

8 février 1942

Que dire des jours qui ont passé depuis mon engagement ? Ils se sont écoulés comme dans un rêve. J'ai trouvé une fraternité vraie chez mes compagnons de combat. Nous partageons le même idéal européen. Nous allons nous battre pour la régénérescence de nos peuples, pour une Europe nouvelle, guérie de ses lèpres. Peut-on imaginer cause plus noble ?

Notre moral est au beau fixe. Les exploits de Rommel* à al-Gazala et Bir Hakeim nous ont fait chaud au cœur et nous confortent dans l'idée que l'Allemagne gagnera cette guerre.

La plupart d'entre nous vont partir sur le front de l'Est afin de lutter contre le bolchevisme[2] et s'employer à l'abattre définitivement. À cet effet, nous recevons une instruction qui me satisfait en tout point. Nous pratiquons un entraînement intensif que je supporte, à mon grand étonnement, sans difficulté. J'apprends le maniement des armes, moi qui de ma vie n'avais tenu entre mes mains un instrument plus dangereux qu'un couteau de table et, ma foi, je ne m'en sors pas si mal.

9 février 1942

J'ai eu l'extrême surprise, ce matin, de recevoir la visite de Konrad von Lebbe. Devant son silence, suite au courrier

* Rommel (Erwin) (1891-1944), maréchal allemand. Nazi, membre des SA, il commanda l'Afrikakorps (1941-1943) en Libye et en Égypte. Compromis dans le complot des généraux contre Hitler (20 juillet 1944), il se suicida sur ordre du Führer, qui décréta en son honneur des funérailles nationales.

1. Scories : déchets.

2. Bolchevisme : doctrine des communistes russes.

de ma mère, j'avais imaginé qu'il ne souhaitait pas renouer avec moi.

Konrad a beaucoup changé depuis la dernière fois que nous nous sommes rencontrés. Grand, droit, blond, hâlé par l'exercice physique en plein air, c'est un parfait spécimen de ce que la race allemande a produit de meilleur. Il m'est apparu sanglé dans un superbe uniforme noir, visiblement très satisfait de son grade de *Standartenführer.* Il m'a fait admirer les deux éclairs runiques*, blancs sur fond noir, qui sont le signe de l'ordre auquel il appartient, ainsi que la *Totenkopf,* la tête de mort qui orne sa casquette d'officier. Il a fière allure et ne ressemble plus guère au jeune universitaire discret qui avait accoutumé de consulter mon père sur les écrits de Gustave Le Bon** ou de Gobineau***. À l'époque, Konrad étudiait la philosophie et terminait son doctorat en France. Je me souviens de lui comme d'un garçon supérieurement intelligent et cultivé, absolument persuadé de la précellence de la race aryenne sur les autres races. Il avait su néanmoins amadouer mon père en citant cette phrase du comte de Montlosier[1] : « Les Francs furent une sorte d'élite chez un peuple qui fut lui-même l'élite des peuples. » Ainsi, avait expliqué von Lebbe, Français et Allemands n'étaient que les deux branches d'un même tronc, solidement enraciné dans le terreau européen. L'histoire favoriserait nécessairement les retrouvailles des peuples frères.

* Éclairs stylisés adoptant la forme de deux S.

** Le Bon (Gustave) (1841-1931), médecin et sociologue français ; on lui doit le concept de la « psychologie des foules ».

*** Gobineau (Joseph Arthur, comte de) (1816-1882), diplomate et écrivain français. Son *Essai sur l'inégalité des races humaines,* défendant la thèse de la race germanique « pure », a été exploité par les nazis.

1. Comte de Montlosier : François-Dominique de Reynaud, comte de Montlosier (1755-1838), royaliste, élu aux états généraux de 1789, il y défendit les privilèges de la noblesse.

Konrad avait appris d'amis proches l'assassinat de mon père par un groupe de terroristes français. Il m'a fait part «de sa profonde affliction pour ce drame qui est le mien». Ce sont ses mots. Il parle un français remarquable, exempt de tout accent et utilise des tournures raffinées et nombre de vocables que je serais comblé d'entendre dans la bouche de mes compatriotes. Je me suis à mon tour exprimé dans sa langue. Il m'a félicité pour l'excellence de mon allemand.

Nous avons évoqué le temps passé, ma famille, nos études respectives. Konrad a fait revivre pour moi ses années à Heidelberg et à Paris, sa thèse sur Schopenhauer*, son engagement au parti national-socialiste[1]. J'ai été particulièrement impressionné d'apprendre qu'il avait supervisé le programme T4**, qui a fait couler tant d'encre et suscité tant de polémiques avant d'être interrompu, l'an dernier. Il s'est pourtant élevé des voix, en France aussi, pour soutenir ce projet d'euthanasie et d'élimination systématique des malades mentaux. Le docteur Carrel et moi-même pouvons nous enorgueillir de nous y être employés.

J'ai de mon côté raconté ma khâgne[2], ma licence d'allemand, mes articles publiés dans *Le Cri du peuple* et dans *Au pilori*[3]. Il en a lu certains qu'il a tout spécialement appréciés : ceux dans lesquels je dénonce le lent travail de

* Schopenhauer (Arthur) (1788-1860), philosophe allemand. Dans son principal ouvrage, *Le Monde comme volonté et comme représentation* (1818), il a élaboré une philosophie de la volonté.

**Programme d'euthanasie mis en place par les nazis. Il visait tout d'abord les handicapés physiques et mentaux d'Allemagne et d'Autriche. Par la suite, les hommes du programme T4 ont systématiquement éliminé tous les malades séniles, demeurés, fous criminels, malades étrangers ou d'origine raciale «impure».

1. Parti national-socialiste : parti fondé par Adolf Hitler.
2. Khâgne : classe préparatoire littéraire.
3. *Le Cri du peuple, Au pilori* : journaux collaborationnistes.

sape des Juifs, le facteur de contagion qu'ils représentent pour un organisme social sain, leur acharnement à gauchir notre culture et nos institutions, et la nécessité de les éloigner définitivement de toute forme de savoir et de pouvoir. Comme je m'étonnais qu'il ait lu les essais que j'ai consacrés à Vacher de Lapouge* et à Drumont**, il m'a avoué que mon père, qui en était particulièrement fier, les lui avait fait parvenir. Von Lebbe a ajouté qu'il en avait parlé autour de lui et qu'ils avaient été abondamment commentés par d'aucuns, et non des moindres. J'aurais mauvaise grâce à taire que ces paroles ont délicieusement flatté mon amour-propre.

Tout en devisant avec lui, je me suis rendu compte qu'il était remarquablement renseigné sur mon compte. J'en ai bien vite compris la raison.

Konrad m'a confié, sous le sceau du secret, qu'il appartient désormais aux services spéciaux de la Gestapo. Il collabore à des missions ultra-confidentielles et prend ses ordres du *Reichsführer* Heinrich Himmler*** lui-même. Son nom n'apparaît en aucun cas sur les organigrammes. Officiellement, il n'existe pas.

À ce moment de la conversation, il a regardé sa montre,

* Vacher de Lapouge (Georges) (1854-1936), théoricien français. Sa doctrine repose sur les principes de la biologie darwinienne : hérédité, sélection, lutte pour l'existence gouvernent l'évolution des sociétés. Il explique que dans les sociétés humaines les mécanismes de protection sociaux (militaires, politiques, légaux, religieux, moraux, économiques, urbains) induisent une sélection négative et provoquent la disparition des « meilleurs » et la multiplication des « inaptes ».

** Drumont (Édouard) (1844-1917), journaliste, écrivain et homme politique français. En 1886, il publie un pamphlet antisémite : *La France juive, essai d'histoire contemporaine.*

*** Himmler (Heinrich) (1900-1945). Proche de Hitler, il dirige la Gestapo et la réunit aux SS en 1936. Chef de la police allemande à partir de 1938, ministre de l'Intérieur en 1943, il organise méthodiquement l'élimination des Juifs, des Tziganes et des opposants au nazisme.

s'est étonné de l'heure et m'a prié de l'excuser. Il a ajouté, avant de me quitter :

– Nous nous rencontrerons demain, Jacques. Je souhaiterais vous entretenir d'un sujet susceptible de vous intéresser.

J'ai immédiatement saisi qu'il se dissimulait un projet d'importance derrière ce « sujet » anodin. J'allais lui demander de m'en faire savoir davantage mais, sur un signe de tête un peu raide, il m'a abandonné à mes interrogations. Je sens qu'il va m'être difficile de patienter jusqu'à demain. Je suis sur des charbons ardents.

10 février 1942

J'étais dans un état d'énervement indescriptible quand von Lebbe m'a fait appeler dans le petit bureau sommairement meublé où il travaillait. Après les politesses d'usage, il en est venu très rapidement au sujet auquel il a fait allusion, hier.

En accord avec ses supérieurs hiérarchiques, il m'a proposé de participer confidentiellement – au nom de la vieille amitié qui le lie à ma famille et en raison de ma « formation intellectuelle » – à un immense projet qui a été décidé par les plus hautes autorités du Reich, en janvier de cette année. J'ai accepté avec empressement et lui ai demandé de plus amples renseignements sur ce qu'on attend de moi. Von Lebbe est d'abord resté très évasif, puis il m'a sommairement expliqué la nature du programme auquel je vais collaborer. Il s'agit, si j'ai bien compris, d'organiser la réinstallation sur les territoires de l'Est de l'ensemble des populations juives du Reich et des territoires occupés.

J'ai été à la fois enthousiasmé et abasourdi par l'ampleur d'un tel projet, auquel je ne peux qu'adhérer, car il me semble en tout point conforme aux idées que j'ai défendues dans mes articles. Ségrégation, exclusion, expulsion : voilà les maîtres mots, la solution définitive ! Il est hors de doute qu'il existe des abîmes mentaux entre la race sémite et les races européennes, et il ne nous sert à rien de cohabiter. Les juifs n'inventent rien, ne créent rien. Ils se contentent de vivre en parasites sur le dos des races qu'ils colonisent. Autant les éloigner et leur influence délétère[1] nous sera définitivement épargnée.

Je lui ai d'ailleurs fait remarquer la convergence de nos points de vue mais il s'est contenté de sourire, avant d'ajouter :

– C'est précisément ce que j'apprécie chez vous, mon cher ! La plupart des engagés dans la LVF sont dans l'ensemble franco-nationaux, petitement préoccupés par la grandeur de la seule France. Ils manquent singulièrement d'ambition et de clairvoyance : or l'union, d'évidence, fait la force. Vous, Jacques, vous préfigurez l'alliance que nous sommes nombreux à souhaiter entre les peuples européens de bonne race. Je ne serais pas surpris que d'ici un an, deux au maximum, les Français de votre trempe puissent incorporer directement la Waffen-SS. Doriot, Darnand*, Mayol de Lupé**, chez vous, en France, s'y emploient. Comme vous pouvez le constater, j'y travaille, de mon côté. Himmler, à qui j'en ai parlé, n'y est pas défavorable. Tous les espoirs sont donc permis et l'avenir vous appartient !

* Darnand (Joseph) (1897-1945). Il crée en 1941 le Service d'ordre légionnaire (SOL), mouvement paramilitaire, antisémite, reconnu par le maréchal Pétain. Le SOL devient en 1943 la Milice, qui collabore avec les Allemands et lutte contre la Résistance. Darnand est arrêté et exécuté en 1945.

**Mayol de Lupé (Jean) (1873-1956). Issu d'une famille aristocratique, homme d'Église, sa haine du bolchevisme le conduit à s'engager dans la LVF comme aumônier militaire dès 1941. Il sera jugé après la guerre pour collaboration avec l'ennemi et condamné à quinze années de réclusion.

1. Délétère : qui est dangereux pour la santé.

Ces propos m'ont galvanisé. Je suis impatient de pouvoir me mettre à l'œuvre et j'espère me montrer digne de la confiance que von Lebbe me porte car j'ai évidemment accepté sa proposition. J'entre donc, dès aujourd'hui, dans la clandestinité et vais changer d'identité. Je serai désormais Karl Frank, originaire de Strasbourg, de retour au sein du Reich, engagé volontaire dans la Waffen-SS, avec le grade d'*Obersturmführer*[1]. Pour ma famille, mes proches, l'administration française, Jacques Desroches sera occupé à se battre sur le front russe.

À la fin de notre conversation, von Lebbe m'a observé avec gravité et m'a dit :

– Mon cher Jacques, vous apprendrez en temps voulu ce que nous attendons exactement de votre part. Sachez cependant que l'honneur que nous vous faisons en vous choisissant lie définitivement votre destin au nôtre. Ce pacte que vous signez aujourd'hui comporte des obligations. Nous exigeons obéissance, silence et fidélité absolue. Sachez cependant que nous n'oublions jamais ceux qui nous servent, ni ceux qui nous trahissent, d'ailleurs. Je m'engage personnellement, en mémoire de votre père, à vous donner les moyens de vous protéger et de vous dissimuler, si par malheur nos adversaires venaient un jour à l'emporter sur nous. Ce que la Providence, je l'espère, ne permettra pas.

Konrad s'est interrompu et m'a détaillé avec une acuité extraordinaire.

– Le sang ne peut mentir, a-t-il poursuivi. Vous avez le physique d'un parfait Aryen. Je vous vois naturellement descendre de ces grands guerriers francs qui ont fondé

1. *Obersturmführer* : grade équivalent à celui de lieutenant.

votre nation, il y a quinze siècles, après leur départ de Germanie. J'espère que vous en avez les qualités morales. Je veux croire que se trouvent en vous le courage et la volonté de tout détruire, de tout brûler, pour refonder un nouvel ordre.

Je l'ai assuré de ma loyauté et de la conformité de nos projets. Il en a paru satisfait. Konrad s'est levé, m'a donné quelques dernières informations concernant ma destination et a pris congé après m'avoir salué avec beaucoup d'élégance.

Tout cela est bien mystérieux. Je suis comme un enfant qui participe à un jeu merveilleusement excitant. Je ne puis m'empêcher d'y songer encore et encore et j'éprouve une immense fierté d'avoir été élu par les futurs maîtres de l'Europe. Il m'apparaît bien sûr évident que le choix qui s'est porté sur moi n'est en rien le fait du hasard. Rien n'est innocent chez les nazis. Mes origines sociales, mes études, ma maîtrise de la langue allemande, mes convictions, mon histoire personnelle, tout concourt évidemment à faire de moi un allié fidèle. Je vais donc partir, dans les jours qui viennent, à l'est de Lublin, en Pologne, dans un endroit dont je n'avais jamais entendu parler auparavant et qui porte un nom étrange. Un joli nom.

Sobibor.

Arrêt sur lecture 1

Une organisation heurtée

Voilà, vous venez de lire les premiers chapitres du roman de Jean Molla, *Sobibor*. Peut-être avez-vous été marqué par certaines scènes, certaines émotions, peut-être avez-vous été dérouté par des propos ou des situations que vous n'attendiez pas ? Quels éléments Jean Molla nous donne-t-il pour le suivre, pour saisir le sens et la portée de son récit ? Le moins que l'on puisse dire, c'est que ces pages sont chaotiques et leur organisation complexe.

L'avant-chapitre 1

En feuilletant *Sobibor* on remarque que le roman est composé, de façon assez habituelle, en chapitres, numérotés de un à dix-neuf. À côté de ces chapitres deux textes, un au début, l'autre à la fin, semblent se répondre. S'agit-il d'une préface et d'une postface ? Ce n'est pas indiqué dans le livre : rien n'explique le statut de ces deux passages. Mais la signature de l'auteur, au bas de la dernière page, pourrait laisser croire qu'il s'agit de deux textes, hors du roman proprement dit mais dans lesquels l'écrivain prendrait la plume pour parler en son propre nom, sans utiliser la médiation d'un récit et de personnages. On pourrait penser qu'il s'adresse directement au lecteur pour déclarer ses intentions, par exemple, ou expliquer comment l'idée de raconter une telle histoire lui est venue. Mais dès les premières phrases on sait qu'il n'en sera rien :

> Aujourd'hui, j'ai vomi pour la dernière fois.
> Je suis allée aux toilettes, je me suis agenouillée et j'ai introduit mon index tout au fond de ma gorge.

Ce n'est pas Jean Molla mais bien une jeune fille qui prend la parole. Un personnage ? Sans aucun doute. Cette jeune fille est celle que nous allons suivre pendant la plus grande partie du récit, qui va nous raconter son parcours. Sommes-nous donc déjà entrés dans le roman ? Il semblerait bien que oui. Mais pourquoi n'est-ce pas le chapitre 1 ? ni même un chapitre 0 ? Pourquoi Jean Molla a-t-il voulu masquer que son roman commençait ici ? Quel est l'effet produit par un tel silence ? Effacer le mot chapitre, c'est une façon de vous plonger vous, lecteurs, de façon la plus immédiate possible dans l'aventure qui va vous être racontée ou plutôt dans les histoires dont vous allez prendre connaissance. C'est effacer les marques visibles de la fiction : quand on commence à lire un chapitre annoncé comme tel, on sait qu'on plonge dans un livre, dans le monde de la fiction : l'indication « chapitre 1 » agit un peu comme un indicateur de la même façon que les mots « Il était une fois » annoncent le début d'un conte. Mais Jean Molla donne la parole de façon directe à son personnage comme s'il existait vraiment en dehors du livre, sans même, en tant qu'écrivain, s'inscrire au-dessus de lui. De plus cette parole qui force le rythme de l'entrée dans le récit traduit ainsi l'urgence d'un personnage qui vient se confier. C'est le signe, le premier signe car il y en aura d'autres, qu'on sort ici d'un roman ordinaire. L'histoire qui va vous être racontée n'est pas tout à fait une histoire habituelle, et elle n'est pas écrite comme d'autres romans que vous avez pu lire.

Les différentes pistes du récit

Dès ce premier moment du récit, l'écrivain nous met face à une matière romanesque complexe et chaotique. Les époques et les lieux se côtoient et se mêlent. La couverture originale du roman, paru en édition de poche en collection « Scripto », signale deux de ces pistes : la couverture elle-même, sobre, dans des tons blancs, gris et noirs, évoque un premier

La couverture de l'édition originale de *Sobibor* dans la collection « Scripto », reproduisant le panneau d'origine de la gare de Sobibor : la sobriété de cette couverture, blanche et froide...

monde, celui du titre encore mystérieux, Sobibor ; à l'intérieur, une seconde couverture montre l'univers coloré et abondant des rayons d'un grand magasin. Tout un jeu d'oppositions est ainsi révélé : couleurs froides contre couleurs chaudes, le vide contre le plein, ce qui reste mystérieux contre ce que l'on reconnaît comme faisant partie de notre quotidien. De même, dans les premières pages du récit vous êtes confronté à des mondes bien différents en apparence : d'un côté l'univers actuel d'une jeune adolescente anorexique, d'un autre celui d'Eva Hirschbaum, jeune juive assassinée avec son fils Simon à Sobibor en 1943.

En poursuivant la lecture du roman chacune de ces deux époques se densifie, se complexifie. Emma, la jeune anorexique, remonte le fil de ses émotions et de ses souvenirs, son récit fait des va-et-vient entre le constat initial qui semble marquer la fin de sa maladie et des épisodes plus ou moins anciens : elle se rappelle comment elle a voulu se faire arrêter en volant dans un grand magasin, ou de quelle façon un an

… contraste avec le foisonnement des rayonnages de supermarché, reproduits sur les pages de garde de la même édition. Selon vous, ces deux illustrations symbolisent-elles bien les deux histoires racontées par Jean Molla?

auparavant sa vie a basculé (p. 27). De même le nom de Sobibor, dont nous avons appris qu'il s'agissait d'un camp d'extermination en Pologne, est évoqué à différentes reprises : lors du récit de l'assassinat d'Eva Hirschbaum sur lequel s'ouvre le texte, mais aussi dans un rêve de la grand-mère d'Emma qui révèle y avoir été et surtout au détour du récit fait non plus par Emma mais par un certain Jacques Desroches, deuxième narrateur du roman par le biais de son journal, commencé le 20 janvier 1942.

Emma et Jacques : la violence des mots

La narratrice principale

Deux narrateurs se côtoient donc dans le roman mais tout semble les opposer. Au début du roman, c'est une adolescente qui prend la parole.

On sait d'elle qu'elle appartient à un milieu bourgeois, que ses parents, son père surtout qui est médecin, font partie de la « bonne société » d'Angoulême. Le directeur du centre commercial ne s'y attendait d'ailleurs pas : face au vol de paquets de petits gâteaux, il pensait trouver une jeune fille pauvre, dans le besoin. Mais celle qu'il a face à lui n'a aucune difficulté, pas financière tout du moins. C'est une jeune fille malade qui nous plonge dans la réalité de sa souffrance, qui est à la fois morale et physique et que nous pouvons lire dans toute sa crudité. Les manifestations de cette maladie (les douleurs physiques, les crises de boulimie et les vomissements) vous sont présentées sans ménagement, au risque de vous mettre très mal à l'aise. Cette souffrance, elle la relie à la tragédie qui fut celle d'Eva Hirschbaum presque soixante ans plus tôt et à tous ceux que les nazis ont envoyés dans les camps de la mort.

Un narrateur secondaire

À côté de sa voix s'élève celle d'un jeune Français, Jacques Desroches, admiratif au contraire de ces mêmes nazis et qui décide de s'engager fermement à leurs côtés pendant la Seconde Guerre mondiale. En nous faisant entendre sa voix de façon directe, par l'entremise de son journal, Jean Molla nous place devant l'idéologie nazie et il ne faut pas les confondre ici : les propos prêtés à Jacques Desroches sont ceux d'un combattant nazi et non ceux d'Emma ou de l'auteur. Ils sont porteurs de l'antisémitisme érigé en doctrine politique. Au XIXe siècle a été développée une idéologie raciste qui se veut scientifique : elle s'appuie sur la biologie, l'Histoire et sur une science toute nouvelle, la sociologie. Certains auteurs, comme Gobineau en France, établissent une classification entre les races. Un peu plus tard dans le siècle, certains vont mêler à ce classement un sentiment antijuif fait d'un antijudaïsme chrétien (les Juifs sont rendus coupables de la mort du Christ) et d'un antijudaïsme populaire (les Juifs sont considérés comme des usuriers, des banquiers sans âme qui dépouillent les autres). Ce courant de pensée, le plus souvent développé dans les milieux nationalistes, inspire directement le racisme hitlérien : il établit une véritable hiérarchie entre une race supérieure, les Aryens, qui serait en droit de dominer les races inférieures, c'est-à-dire les races métissées (dont font partie les Français), d'expulser puis d'exterminer les « races sans terre », les Juifs et les Tziganes, accusés de corrompre la race supérieure. C'est l'idéologie que Jacques expose dans son journal (p. 34 à 45). Ces pages sont violentes à lire car il faut savoir que de tels propos ont été tenus, de telles pensées ont été exprimées et que l'extermination des Juifs dans des camps tels que Sobibor a eu effectivement lieu. C'est donc au cœur de l'abjection que Jean Molla a décidé de vous plonger en vous donnant à lire les pages d'un journal qui aurait pu être tenu pendant la guerre par un homme, un Français ayant décidé de se battre du côté des nazis.

L'Histoire vue par un collaborationniste

Une guerre rapidement perdue

La Seconde Guerre mondiale commence le 1er septembre 1939 lorsque l'Allemagne envahit la Pologne. La France et l'Angleterre, qui sont alliées à la Pologne et se sont engagées à la défendre, déclarent la guerre à l'Allemagne le 3 septembre. Mais les combats engagés par l'Allemagne tournent à son avantage : l'attaque contre la France commence le 10 mai 1940 ; le 14 juin, les troupes allemandes entrent dans Paris ; dans la nuit du 16 au 17 juin, Pétain forme un nouveau gouvernement et dès le 22 juin l'armistice est signé à Rethondes. Le pays est partagé en deux : une zone occupée, sous domination des Allemands, et une zone appelée « zone libre ». Le gouvernement s'y installe, à Vichy. Officiellement la France n'est plus en guerre contre l'Allemagne. Et tous ceux qui, comme le général de Gaulle, vont s'opposer au nouveau gouvernement seront traités de terroristes, véritables ennemis à combattre. Pendant le mois de juillet, l'Assemblée nationale donne les pleins pouvoirs au maréchal Pétain, qui met fin à la République. L'État devient dès lors un état autoritaire, nationaliste et antisémite qui pratique une politique de collaboration avec l'Allemagne nazie.

La collaboration, une attitude politique

C'est le maréchal Pétain qui emploie le premier le terme de collaboration, dans un discours prononcé à la radio le 30 octobre 1940 dans lequel il rend compte de son entrevue avec Hitler à Montoire le 24 octobre :

« Cette première rencontre entre le vainqueur et le vaincu marque le redressement de notre pays. [...] Une collaboration a été envisagée entre nos deux pays. J'en ai accepté le principe... Cette collaboration doit être sincère... »

Qu'est-ce que la collaboration ? – Il s'agit ici d'aider les vainqueurs nazis à assurer leur domination et à mener à bien leur politique, notamment en ce qui concerne l'extermination du peuple juif. Le maréchal Pétain prend donc un ensemble de mesures qui vont dans ce sens : loi sur le statut des Juifs (2 juin 1941), interdiction des journaux d'opposition qui ne soutiennent pas le gouvernement de Vichy, de syndicats et de partis politiques, création du STO le 16 février 1943 (Service du travail obligatoire qui impose aux Français de partir travailler en Allemagne)... À côté du maréchal Pétain, certains Français, hommes politiques ou non, adoptent la même attitude et d'autres une attitude plus radicale encore : les collaborationnistes, qui sont plutôt à Paris et seront ensuite imposés à Vichy à partir de 1943. Les partis favorables aux nazis sont autorisés (le Parti populaire français de Jacques Doriot, le Rassemblement national populaire de Marcel Déat). La police française est soumise aux ordres du maréchal Pétain et plus encore de Pierre Laval, le chef du gouvernement. Elle participe activement aux mesures antijuives : ainsi ce sont des policiers français qui arrêtent plus de 12 000 Juifs à Paris ou en région parisienne lors de la rafle du Vel'd'hiv' du 16 au 18 juillet 1942. Le gouvernement de Vichy fait même du zèle : pour ne pas avoir à s'occuper de trop nombreux orphelins, il demande que les enfants de moins de seize ans soient intégrés à cette rafle ; 4 000 enfants ont ainsi été déportés sur la demande de Pierre Laval.

La collaboration militaire

L'adhésion à l'idéologie fasciste et l'antibolchevisme ont aussi conduit certains à s'engager militairement aux côtés des Allemands. La LVF (Légion des volontaires français contre le bolchevisme) est constituée en

« Vous devez à présent croire ce que je vous ai dit des Anglais. Ils n'ont aucun sentiment généreux. Comme le répétait Paoli, ce ne sont que des mercantis. »
DE QUI EST-CE?
VOIR PAGE 3

Le Petit Parisien

50 cent. — ÉDITION DE PARIS — 50 cent.

63e ANNÉE — N° 23.943
SAMEDI 26 OCTOBRE 1940
Saint EVARISTE

24 OCTOBRE 1940

Une date dans l'histoire de la France et de l'Europe

QUATRE MOIS APRÈS L'ARMISTICE

LE MARÉCHAL PÉTAIN ET LE FÜHRER DU REICH ont eu, en zone occupée, un entretien décisif pour l'avenir de notre pays

ADOLF HITLER (Portrait officiel.)

M. VON RIBBENTROP ET M. PIERRE LAVAL ASSISTAIENT A CETTE RENCONTRE

Jeudi, le Führer a reçu le maréchal Pétain, chef de l'État français et président du Conseil des ministres. Le ministre des Affaires étrangères du Reich, M. von Ribbentrop, et le vice-président du Conseil, M. Pierre Laval, ont assisté à cet entretien.

LE MARÉCHAL PETAIN (Photo Illustration.)

TROIS JOURNÉES HISTORIQUES

Mardi 22 octobre

Le chancelier Hitler reçoit M. Pierre Laval, vice-président du Conseil des ministres français. M. von Ribbentrop, ministre des Affaires étrangères du Reich, assiste à l'entretien.

M. Laval se rend ensuite à Vichy, où il arrive l'après-midi, et voit immédiatement le maréchal Pétain, auquel il fait connaître les résultats de l'entrevue.

Aussitôt terminé son entretien avec le chef de l'État français, M. Pierre Laval repart dans la soirée pour Paris.

Mercredi 23 octobre

Le Führer arrive dans l'après-midi à la frontière franco-espagnole. Le général Franco débarque peu après du train qui l'amène de Madrid. Des conversations, auxquelles participent MM. von Ribbentrop et Serrano Suner, chefs de la diplomatie allemande et espagnole, s'engagent aussitôt.

Jeudi 24 octobre

Le maréchal Pétain, accompagné de M. Laval, traverse la ligne de démarcation, où l'attend M. Abetz, ambassadeur d'Allemagne, à 8 heures du matin.

À la fin de l'après-midi, le maréchal arrive dans une petite ville de la zone occupée ; le train du Führer est en gare. L'entrevue entre le maréchal Pétain et le chancelier Hitler a lieu dans le train spécial de ce dernier. MM. Laval et von Ribbentrop sont présents.

L'entretien terminé, le Führer accompagne le maréchal jusqu'à la voiture qui le ramène à Vichy.

COLLABORATION

Suite page 2.

Monsieur le Maréchal, merci

Monsieur le Maréchal, merci.

L'ENTREVUE

Suite page 2.

M. PIERRE LAVAL A PARIS

M. Pierre Laval à son arrivée, hier matin, à l'hôtel Matignon. — Le vice-président du Conseil prend congé du consul général, M. Schleier. — (Au centre : le vice-président du Conseil à sa table de travail, à l'hôtel Matignon, en fin d'après-midi)

Voir page 3.

L'ex-roi Carol et Mme Lupescu *sont arrêtés — à Séville*

Madrid, 25 octobre.

L'ex-roi Carol de Roumanie et Mme Lupescu ont été arrêtés hier à Séville par la police d'État. Carol avait fait des préparatifs pour se rendre aux États-Unis.

Le maréchal Smigly-Ridz

ancien généralissime de l'armée polonaise

appréhendé en Roumanie

Voir page 3.

SYNDICALISME *de demain...*

LES COIFFEURS sont disposés à collaborer

LES SYNDICATS CHRETIENS répugnent à l'idée d'un syndicat unique

M. Zirnheld, président de la Confédération française des travailleurs chrétiens (Photo d'archives.)

Suzanne BALITRAND.

Suite page 2

LE COMMUNIQUÉ ALLEMAND

Continuation des attaques aériennes sur l'Angleterre. — Pour la première fois, des avions italiens participent à l'action

LE COMMUNIQUE ITALIEN

Bombardement des installations de Port-Saïd, Port-Soudan et ... autres objectifs atteints

Voir page 3.

En deuxième page :

UN VIEIL HOMME

par Maurice DONNAY de l'Académie française

DEMAIN :

suite de notre enquête sur

LA FIN TRAGIQUE DE THIERRY DE LUDRE

Du camp de Gurs se fait entendre une voix qui accuse...

La une du *Petit Parisien* du 26 octobre 1940, suite à l'entretien de Montoire entre Hitler et le maréchal Pétain. Pensez-vous que le journal donne un sens positif, négatif ou neutre à cet événement? Ce journal est-il dans une tendance politique collaborationniste ou au contraire résistante? Pour vous aider, faites des recherches sur l'histoire de ce journal qui disparut en août 1944.

juillet 1941 afin de recruter des volontaires pour lutter sur le front de l'Est aux côtés des Allemands : ils combattent sous l'uniforme allemand. En 1943 ce sont des unités françaises des Waffen-SS (unités militaires d'élite de l'Allemagne nazie) ainsi que la Milice qui sont créées pour se battre avec les Allemands. C'est de cet engagement que témoigne le personnage inventé par Jean Molla. Fasciné par la doctrine nazie, Jacques Desroches épouse cette idéologie au point de devenir l'un de ces soldats destinés au front de l'Est (p. 35) :

> Hésiter n'est plus de mise. J'ai, par conséquent, pris la décision de m'engager dans la Légion des volontaires français. Je pars dans quelques heures. J'ai enfin trouvé le courage de me battre, de défendre les idées auxquelles je crois.

Les militaires qui partaient se battre sur le front russe étaient reconnus par le gouvernement de Vichy : Pétain les décore de la Légion d'honneur. Finalement, Jacques Desroches pénétrera plus avant dans l'univers nazi en acceptant de devenir agent secret de la Waffen-SS.

à vous...

1 – Situez dans le temps et l'espace :
– Emma amoureuse;
– Emma voleuse dans un grand magasin;
– le cauchemar de Mamouchka;
– Mamouchka jeune commence à apprendre le violon;
– Eva Hirschbaum vit en famille;
– la mort d'Eva Hirschbaum.

2 – Établissez le portrait complet d'Emma : identité, arbre généalogique, portrait physique et moral.

3 – Emma et les autres : répartissez les autres personnages par rapport à elle (des plus proches aux plus lointains) dans un ensemble de

cercles concentriques dont elle est le centre. Où placer Jacques Desroches dans cette représentation ?

4 – Recherches, confrontations et argumentation : on trouve dans la littérature de jeunesse d'autres portraits d'adolescentes d'aujourd'hui. On peut penser à un autre personnage de Jean Molla, Kate dans *La Fille aux semelles de plomb* (Grasset, coll. « Lampe de poche »), au personnage de Gina Lorrain dans *Regardez-moi* de Gudule (Flammarion, coll. « Tribal »), aux deux filles des *Lettres de l'intérieur* de John Marsden (L'école des loisirs), à Alicia et Lil dans *Le Miniaturiste* de Virginie Lou (Gallimard, coll. « Folio Junior »), etc.
a) Vous ferez le portrait d'une des adolescentes d'un livre que vous avez lu (caractéristiques, occupations, goûts et centres d'intérêt, comportement en famille et avec les amis...).
b) Ce portrait vous touche-t-il ? Vous semble-t-il correspondre à celui d'une adolescente d'aujourd'hui ? Un roman qui place en son centre une jeune fille, ses doutes et ses expériences, est-il nécessairement un roman « pour filles » ?

5 – Relisez le journal de Jacques Desroches en relevant les passages qui traduisent sa fascination pour l'idéologie allemande et les éléments qu'il donne pour justifier son engagement dans la LVF.

CHAPITRE 4

Ma grand-mère a mis six mois à mourir. Elle est devenue lente, silencieuse et pâle. Les deux derniers mois, son corps s'est ratatiné, son esprit s'est obscurci, ses souvenirs se sont effilochés puis se sont définitivement effacés. A la fin, elle ne vivait plus qu'au présent. J'ai honte de le dire mais elle me faisait peur. Les jours qui ont précédé son agonie ont été épouvantables. Je suis allée la voir deux fois à l'hôpital. Après, je n'ai pas pu. Mamouchka était minuscule dans son lit blanc. Elle ne parlait plus, ne mangeait plus, ne bougeait presque plus, recroquevillée en position fœtale, indifférente à notre présence. Elle avait cessé de lutter et ménageait son souffle, concentrée sur ses derniers instants.

Je ne pouvais supporter l'image de cette momie rabougrie qui avait été ma grand-mère. Mon grand-père restait sans cesse à son chevet, hébété par le chagrin, la berçant, lui parlant comme si elle était lucide.

Ils avaient vécu tous les deux une histoire d'amour hors du commun, comme on en lit dans les romans. Une histoire que j'aurais voulu vivre moi-même. Une sorte de mythe fondateur pour toute la famille et que, enfant, on m'avait raconté un nombre incalculable de fois.

Mon grand-père, Paul Lachenal, était né dans un village de mineurs, près d'Anzin dans le Nord. Il n'avait pas connu ses parents, morts au cours d'une épidémie quand il était bébé. L'unique sœur de son père, Emilie Lachenal, veuve sans enfants, l'avait recueilli et élevé comme son fils. Il avait commencé à travailler très jeune dans les houillères et, en 1939, à l'instar des jeunes gens de son âge, il avait été mobilisé. Sa tante, qui était sa seule famille, avait disparu fin 1942, dans des circonstances tragiques. Arrêtée sur dénonciation, elle avait été torturée et avait succombé à ses blessures dans les prisons de la Gestapo.

Grand-père avait connu la drôle de guerre*, la déroute, la défaite. Il avait été fait prisonnier et envoyé dans un camp pour militaires. Ensuite, comme il était célibataire et que la main-d'œuvre faisait défaut, on l'avait réquisitionné[1] dans une ferme, puis dans une autre encore, du côté de Stuttgart, afin de remplacer les soldats allemands partis au front. Il ne parlait guère de ces années de captivité, passées à s'épuiser en travaux exténuants. Avait-il honte d'avoir échappé aux combats, d'avoir en quelque sorte collaboré aux desseins de l'Allemagne nazie ? Avait-il le choix de toute façon ?

En 1943, il avait rencontré, dans le domaine où il était ouvrier, enrôlée de force comme lui, une jeune et jolie Polonaise : Anna Wiesckiewa. Et c'est vrai qu'elle était belle, ma grand-mère, sur les rares photos qui nous restent d'elle ! Fine, droite, blonde et dorée. Anna et Paul étaient tombés fous amoureux. Était-ce pour cette raison que mon grand-père n'avait pas été tenté de s'enfuir plus tôt ? C'est ce que tous voulaient comprendre dans notre famille.

* Période de neuf mois, pendant laquelle les armées françaises et allemandes restèrent face à face, sans rien tenter.

1. Réquisitionné : on l'avait envoyé travailler dans cette ferme.

En 1945, profitant de la débâcle[1], mon grand-père réussit à fuir en compagnie d'Anna. Au péril de leur vie, ils rejoignirent les troupes américaines, évitant sans trop savoir comment les colonnes allemandes et l'armée soviétique que ma grand-mère redoutait comme la peste. Les deux amants furent recueillis par les Alliés dans un état de délabrement épouvantable, affamés, épuisés, sales à faire peur, mais vivants. Ils se croyaient sauvés, mais les choses n'étaient pas si simples. Sur ordre des autorités, mon grand-père et Anna furent séparés. Lui devait être livré aux Français, qui traquaient les traîtres, les collaborateurs réfugiés en Allemagne. Anna était de peu d'intérêt pour les Alliés et serait remise aux Soviétiques afin qu'ils la renvoient en Pologne. Leurs destins semblaient définitivement scellés. Tant d'amour, tant de dangers partagés et vécus en vain. Ils avaient cru l'un comme l'autre mourir de chagrin.

Grand-père fut ramené en France. Par chance, il avait pu conserver certains de ses papiers militaires et il ne fut pas difficile, au terme d'une enquête administrative, de vérifier son identité et de prouver sa bonne foi. Il était libre désormais, et seul. Six ans avaient passé depuis son départ. Personne ne l'attendait. Sa tante disparue, il ne souhaitait en aucun cas revenir dans le village où il avait vécu. N'ayant nulle part où aller, il vint ici, à Angoulême, un peu au hasard, et trouva du travail dans une usine. Il ne parlait presque jamais de cette époque qui avait dû être la plus douloureuse de son existence. Paul Lachenal menait une vie solitaire, miné par ses années de captivité, sa séparation d'avec Anna. C'est sans doute la lecture qui l'a sauvé. Lui qui n'avait reçu qu'une éducation des plus modestes

1. Débâcle : déroute de l'armée (allemande).

découvrit les livres et se mit à les dévorer comme un forcené.

C'est au début de 1946 que lui parvint une lettre étonnante. Un fonctionnaire du ministère des Anciens Combattants avait reçu une requête étrange de la part d'un de ses homologues[1] belges. Une jeune Polonaise qui avait parcouru seule, à pied, des centaines de kilomètres, échappant miraculeusement aux contrôles, était parvenue à quitter l'Allemagne et à entrer clandestinement en Belgique pour y demander l'asile. Elle parlait très convenablement notre langue et cherchait à retrouver un certain Paul Lachenal, un Français qu'elle prétendait avoir connu dans une ferme en Allemagne et qu'elle présentait comme son fiancé.

Mon grand-père confirma par courrier ce que la jeune femme avait déclaré aux autorités et se rendit sur-le-champ en Belgique. On le conduisit dans l'hôpital où la fugitive se remettait de ses épreuves. C'était Anna ! Ils tombèrent dans les bras l'un de l'autre et jurèrent de ne plus jamais être séparés. On m'a raconté que pendant dix ans peut-être mon grand-père s'est réveillé en hurlant son prénom, persuadé d'avoir rêvé leurs retrouvailles.

L'histoire d'Anna était invraisemblable. Profitant de la complaisance d'un soldat américain qui avait relâché son attention au moment opportun, elle s'était glissée hors du convoi qui la conduisait vers les troupes soviétiques. Elle avait erré des mois durant, se dissimulant le jour, marchant la nuit, buvant dans les flaques, volant pour manger. Des paysans l'avaient hébergée pendant quelque temps, puis

1. Homologues : personnes qui font le même travail que lui (ici un fonctionnaire ministériel).

elle avait repris sa route. Elle avait accompli un immense périple avant d'arriver en Belgique et de se livrer aux autorités. Mon grand-père se rendit à Paris et remua ciel et terre pour ramener Anna en France. Je crois que le fonctionnaire du ministère avait été ému par leur histoire et qu'il les aida, prenant certaines libertés avec la loi. Tout était si confus à l'époque. Anna obtint rapidement un permis de séjour, et Paul et elle se marièrent dans les semaines qui suivirent. Ils s'installèrent tous deux à Angoulême et vécurent d'abord modestement. Mon grand-père, qui n'avait pas eu la chance de faire d'études, décida – influencé par son épouse qui était issue d'un milieu plus aisé que le sien – de suivre des cours par correspondance. Tout en travaillant dur à l'usine, il trouva le courage de passer le brevet, le bac, puis la licence, enfin l'agrégation d'allemand, langue qu'il avait apprise pendant ses quatre années de captivité et pour laquelle il s'était pris de passion.

Paul Lachenal était devenu une figure dans la ville, un homme qu'on citait en exemple. Un modèle de courage et de volonté. De discrétion aussi. Jamais il ne se mettait en avant ni ne cherchait à tirer un quelconque avantage de son passé douloureux. Mamouchka, quant à elle, donnait des leçons de violon et avait rejoint divers ensembles de musique de chambre locaux. De pauvres, ils étaient devenus aisés et respectés. La naissance de leurs trois enfants et les brillantes études qu'ils avaient tous suivies avaient définitivement contribué à inscrire leur légende dans la bonne société. J'avais toujours vécu avec l'image de ce couple exemplaire pour modèle. Ce qu'il y avait de solide en moi, je le leur devais. Mamouchka m'avait enseigné la musique, la mesure, la confiance. Quand les silences de mon père ou les jacasseries de ma mère me pesaient trop, je savais trouver chez elle une écoute attentive. Quant à mon grand-père, je lui devais mon goût des mots, mon goût des livres et des idées. J'avais l'impression que tout le savoir du monde s'était réfugié dans son esprit et que le simple fait de lui parler me rendrait plus intelligente.

Durant les quelques mois qui ont précédé la mort de ma grand-mère, j'ai suivi pas à pas les progrès de son mal. En apparence, je demeurais la même, mais plus Mamouchka déclinait, plus je me repliais sur moi-même. J'ai pris progressivement mes distances avec mon ami, Julien, trouvant chaque fois de nouveaux prétextes pour cesser de le voir. Mes parents, mon grand-père étaient si concentrés sur celle qui s'en allait que personne ne s'est rendu compte de mes difficultés à m'alimenter. Je ne mangeais déjà plus beaucoup depuis longtemps, obsédée par le régime que j'avais entrepris. J'ai bientôt été incapable d'avaler la moindre parcelle de nourriture. Je mettais cela sur le compte du chagrin, sur le compte de mon passé déjà si compliqué.

Si je m'en souviens bien, c'est à l'âge de treize ans que j'ai pour la première fois décidé de me mettre à la diète. Enfant, j'étais menue, fine et légère. À la puberté, mes seins ont gonflé et se sont appesantis, mes cuisses se sont remplies, mes fesses alourdies. Ces transformations m'embarrassaient. Pire, elles me faisaient horreur. Qui était cette autre qui poussait en moi au mépris de celle que je voulais rester ? Enfin, il y a eu les règles et mon ventre tendu et douloureux chaque mois. J'avais toujours faim. C'était la seule réponse que j'avais su trouver pour apaiser ma peur de devenir une femme.

Un jour, j'ai découvert dans mon miroir le reflet d'une

fille trop grosse à mon goût. J'ai décidé de reprendre les rênes en main. Je me suis privée de tout ce que j'aimais : sucreries, gâteaux, chocolat, pain, charcuterie, fromage. J'ai entrepris un régime sauvage et désordonné. Comme je déjeunais à la cantine, il m'était aisé d'échapper au contrôle de mes parents. Je ne tolérais désormais que les crudités, les légumes verts, les fruits, traquant les calories, les bannissant sans pitié de mon assiette. Le soir, je boudais le dîner, prétextant d'abondants goûters.

J'ai maigri. Beaucoup. Très vite. Trop peut-être. J'étais constamment fatiguée, facilement irritable. Mon régime a tourné à la catastrophe. Ma perte de poids excessive et brutale avait provoqué l'apparition de vergetures sur ma peau. J'étais désespérée. Je ne supportais plus mon corps, je me trouvais laide, détestable. J'aurais voulu mourir. Je me suis mise à manger comme quatre, alignant crise de boulimie sur crise de boulimie. Je ne contrôlais plus rien.

J'ai de nouveau grossi. J'avais honte de moi. Au collège, les cours de gym, les sorties à la piscine m'étaient un épouvantable supplice. L'image grotesque que je renvoyais ne ressemblait en rien à la jeune fille que je savais tapie au plus profond de moi : une Emma infiniment mince, infiniment désirable, mais si lointaine. J'étais mal dans ma peau, ironique ou distante avec mes camarades, souvent angoissée. Je me réfugiais dans le travail scolaire pour oublier la petite musique triste et monotone qui résonnait dans ma tête.

Cette situation a duré deux ans, et puis, vers le milieu de mon année de seconde, j'ai rencontré Julien. Le coup de foudre. Moi pour lui, lui pour moi. Mon ciel était devenu bleu. Il me plaisait, m'attendrissait, me faisait rire. Dans ses yeux, je me voyais exister. Enfin j'étais jolie ; j'avais oublié mes kilos superflus.

Un beau jour d'avril, un an après notre rencontre, je lui ai demandé, par bravade, comment il me trouvait vraiment. Depuis quelques jours, j'étais perturbée, fragilisée par un je-ne-sais-quoi dont j'ignorais la cause. J'avais peur des paroles que Julien allait prononcer mais c'était plus fort que moi, il fallait que je sache. Mon ami m'a dit qu'il m'aimait et qu'il me trouvait belle. J'ai insisté. Je voulais qu'il soit sincère, le plus exactement sincère. Alors, il a ajouté, en hésitant un peu – je me souviens de chacun de ses mots :

– Tu es peut-être un peu ronde...

Je l'ai haï. Julien s'en est rendu compte. Il ne comprenait plus : c'était moi qui lui avais demandé d'être sincère ! Il a protesté de sa bonne foi. Cela ne changeait rien à ses sentiments pour moi, il m'aimait comme j'étais. Je lui ai jeté comme un défi que, bientôt, il ne me reconnaîtrait plus. J'allais perdre mes kilos superflus, mes bourrelets. Et je le ferais *pour lui* !

Nous en sommes restés là.

Je suis rentrée à la maison. Jamais je ne m'étais sentie si forte, si décidée à me battre. Je me suis plongée dans la lecture de magazines idiots à la recherche de régimes-miracles, j'ai emprunté des livres de diététique à mon père que j'ai dévorés avec passion et je me suis mise à picorer à table. Bien sûr, il m'arrivait parfois de craquer et de me goinfrer en cachette mais, dans l'ensemble, je me tenais plutôt fidèlement à mes engagements. J'ai minci très rapidement. Ma métamorphose était spectaculaire. Je suis devenue svelte, conforme à l'image de celle que j'avais rêvée. Julien était amoureux de moi, les autres garçons de la classe me regardaient différemment. J'étais enfin cette autre que je poursuivais depuis longtemps.

J'éprouvais un plaisir indicible à maîtriser mon appétit

et, à mon grand étonnement, j'expérimentais des sensations nouvelles, inhabituelles, clandestines.

Ce tiraillement constant du côté de mon estomac était devenu une véritable présence, un vide consenti, une brèche que j'ouvrais dans mon corps, avec le sentiment aigu de tout dominer, de savoir exactement ce que je faisais et où j'allais. Ne plus manger ou manger moins me procurait une brûlure exquise au ventre, comme une attente que je savais pouvoir combler quand j'en aurais le désir. Bientôt, la brûlure m'est devenue plus délicieuse que la satisfaction. J'avais le sentiment d'être habitée. Je n'étais plus du plein recouvert de peau. Je découvrais en moi des abîmes inexplorés, tout un monde d'attentes, d'espaces infinis qui ne m'effrayaient pas le moins du monde, peuplés qu'ils étaient par d'obscurs gargouillis, des protestations de viscères à qui j'apprenais ma loi.

Rapidement, c'est devenu ma drogue : j'avais besoin de manger *rien.* Un rien qui devenait la chose la plus essentielle à consommer. Un rien désirable. Et j'éprouvais une jouissance démesurée à me laisser remplir de cette absence. Mon estomac vide était le signe de ma liberté. Je n'étais plus asservie à cette dépendance animale qui me faisait horreur.

Je n'avais pas encore compris que ne plus manger signifie très exactement souhaiter se mettre à l'écart. C'est une sorte de ghetto que l'on s'invente pour soi seul et dans lequel on s'enferme avec un mélange pervers d'aveuglement et de ravissement. C'est une forme de distinction absurde, pour se différencier à tout prix, se dessaisir du banal. On ne peut plus partager ce qu'il y a de commun. On ne peut plus communier dans la célébration des choses mortes. On a le regard qui s'est tordu. On ne voit plus les aliments avec innocence et l'on s'étonne que les autres ne nous suivent pas.

Je ne sais plus très bien d'ailleurs quand le spectacle des gens qui s'alimentent a commencé à me dégoûter. On n'imagine pas, tant qu'on ne l'a pas éprouvé, ce qu'il y a d'impudeur à manger devant les autres. Moi qui n'absorbais plus rien, ou si peu, j'avais peine à comprendre la satisfaction qui s'affichait sur le visage de mes parents quand je les voyais enfourner de petits morceaux de cadavre et qu'ils les mâchaient. Ils en faisaient une bouillie répugnante avec leurs dents et ils l'avalaient en manifestant des signes évidents de délectation. Parfois, j'apercevais une gouttelette de salive à la commissure de leurs lèvres. D'un coup de langue, ils la faisaient disparaître. Je les trouvais obscènes. Ils m'écœuraient.

Je n'avais évidemment pas conscience que la situation m'échappait... Je n'ai pas su m'arrêter. Mon poids ne s'est pas stabilisé et j'ai continué à fondre. En quelques semaines, mes seins se sont effacés, mon visage s'est creusé, mes désirs se sont affadis. Les mains de Julien sur mon corps se faisaient hésitantes mais je ne m'en préoccupais pas. Et j'ignorais ses inquiétudes. D'ailleurs, nous nous voyions si peu. J'avais voulu entreprendre ce régime pour plaire à mon ami. Maintenant que j'avais atteint mon but, je sentais que je me détachais de lui, que je ne l'aimais plus.

J'étais devenue filiforme. Bizarrement, il me semblait que j'étais transparente pour mes proches. Mes parents, mon grand-père ne paraissaient s'apercevoir de rien. Seule Mamouchka, très affaiblie, se rendait compte que j'étais allée trop loin. Je me souviens de ce jour de fin d'été où je me suis allongée en tee-shirt, au soleil, et du cri d'horreur de ma grand-mère :

– Que tu es maigre, Emma ! Maigre comme…

Elle s'était interrompue, comme si elle ne pouvait trouver la comparaison appropriée, considérant avec effarement mes bras grêles, ma poitrine creuse, mon corps efflanqué. Cet automne-là, à chacune de mes visites, elle me cuisinait de bons petits plats, elle me persuadait de mieux manger, pour remplumer mon corps d'oiselet, comme elle disait. Je m'étais légèrement arrondie, parce qu'elle le souhaitait. Parce qu'elle m'aimait.

Fin octobre, le cancer de Mamouchka s'est brutalement aggravé et mon indifférence à l'égard de la nourriture a viré à l'aversion. J'étais fatiguée, déprimée, inapte à fournir le moindre effort physique ou intellectuel. Je ne me sentais plus capable de rester en classe à étudier. Alertés par Julien, avec qui j'avais eu une violente altercation, mes parents m'ont envoyée consulter un spécialiste. Pour la première fois on a nommé ma *maladie.* Le psychiatre m'a proposé des entretiens hebdomadaires et a jugé préférable de me placer en congé maladie pour une durée indéterminée. Je me suis inscrite au CNED afin de suivre mes cours par correspondance. En fait, j'ai complètement décroché. Mes parents ont tout accepté, avec fatalisme. Le monde s'écroulait autour d'eux.

Un matin de novembre, il y a cinq mois de cela, le téléphone a sonné. Mamouchka venait de mourir. Je me suis laissée tomber sur une chaise et j'ai éclaté en sanglots. Mon père nous a serrées contre lui puis il est parti à l'hôpital. Nous sommes restées à la maison, maman et moi. À un moment, je me suis retrouvée seule dans la cuisine. La panique m'a envahie. Il fallait que je me calme, que je fasse taire mon chagrin, n'importe comment. J'ai couru au frigo. J'ai avalé des cornichons, du chocolat, de la mayonnaise, du fromage, du jambon, les restes du repas, tout ce qui me passait à portée de main. J'ai englouti. C'est la seule chose dont j'étais capable, j'avais épuisé mon stock de larmes.

Bientôt, j'ai dû m'arrêter, au bord de l'explosion. Plus rien ne passait. J'ai senti une nausée irrépressible monter, monter, monter. Le monde tanguait. J'avais le cœur au bord des lèvres, un goût aigre dans la bouche. Mon front s'est couvert de sueur. Tout tournait autour de moi. J'ai couru aux toilettes. J'ai voulu vomir, sans résultat. Alors, j'ai introduit deux doigts dans ma gorge, le plus loin possible et j'ai poussé très fort.

Je me suis libérée. La nourriture à peine mâchée, mêlée de salive a giclé sur la porcelaine immaculée. J'ai regardé ce magma grumeleux dégouliner paresseusement sur la surface lisse et descendre en lents tourbillons jusqu'au fond de la cuvette.

Ça avait été si facile ! Je me sentais bien, légère, un peu essoufflée mais tellement soulagée. Ma grand-mère était morte. Une part de moi le savait avec une lucidité déconcertante, me laissant écrasée de tristesse.

Mais dans le même temps, une découverte fortuite venait de m'ouvrir de nouveaux horizons. J'avais trouvé le moyen de me délivrer de mes craintes, de mes angoisses. J'avais trouvé le moyen d'exercer un contrôle absolu sur moi-même. J'avais trouvé le moyen de maîtriser ce qui entrait et sortait de moi.

J'étais libre : mon corps m'obéirait désormais.

CHAPITRE 5

Qui étaient ces gens à l'enterrement de Mamouchka ? Qui étaient ces visages inconnus, ces personnes qui me prenaient dans leurs bras et me présentaient leurs « sincères condoléances » ? De temps en temps, je jetais un regard vers mon grand-père. Il était hagard, serrant les mains sans répondre. J'avais peur de le voir s'effondrer devant nous. Peur peut-être aussi de le voir mourir à la suite de Mamouchka.

C'est moi qui me suis sentie mal en arrivant au cimetière. J'ai eu un éblouissement, mes jambes ont cédé, je me suis évanouie. Un de mes cousins m'a ramenée à la maison. Je suis allée vomir à l'étage et je me suis couchée.

Après l'enterrement, ils sont venus chez nous. J'ai été surprise de les voir, oncles, tantes, cousins, cousines, amis, dévorer comme des ogres, comme s'ils voulaient conjurer cette mort dont ils avaient senti la présence et qu'ils croyaient pouvoir oublier en se gavant de nourriture.

Le soir, la famille et les proches sont repartis. Nous nous sommes retrouvés seuls tous les quatre. Grand-père est resté un long moment sans parler. Mais bientôt, les souvenirs ont fait surface et il nous a raconté d'émouvantes anecdotes du temps passé, les mettant en scène Mamouchka et lui.

Vers onze heures, mes parents se sont levés pour préparer sa chambre. Je suis restée avec lui. Il avait pris mes mains et pleurait en silence. La lumière était très douce. Maman n'avait allumé que les deux petites lampes posées sur la console et le salon baignait dans une atmosphère apaisante, propice aux confidences. Grand-père a dit avec une émotion qui m'a bouleversée :

– Tu lui ressembles tellement.

Ces mots ont réveillé un souvenir en moi, un souvenir indistinct, confus... Puis je me suis rappelé des paroles presque identiques, prononcées par Mamouchka, ce soir où nous avions dormi ensemble. Lui peut-être accepterait de m'éclairer sur ces noms mystérieux que ma grand-mère avait prononcés dans son sommeil.

– Papy, est-ce que tu as connu des gens qui s'appelaient Jacques quelque chose et Eva Hirschbaum ?

Mon grand-père, prostré la seconde d'avant, s'est redressé comme si je l'avais brûlé.

– D'où tiens-tu ces noms ?

Sa voix tremblait. Je ne savais pas si c'était à cause de la surprise, de la douleur ou de la rage. Comme je ne répondais pas assez vite, il m'a saisi l'épaule et m'a secouée. J'ai bredouillé :

– C'est Mamouchka qui les a dits en rêve, un soir qu'on dormait ensemble...

– Elle a ajouté autre chose ?

Il était glacial. Ses doigts s'enfonçaient dans ma chair. J'ai répondu :

– Elle a dit : *Emmène-moi loin de Sobibor !* Et puis arrête de me serrer comme ça, tu me fais mal !

J'ai tiré mon bras en arrière. Surpris, grand-père a relâché sa pression. Sa bouche était ouverte et ses lèvres frémissaient. Lui qui était resté jeune si longtemps ressemblait maintenant à un vieillard. Les rides de son visage s'étaient creusées, ses yeux larmoyants s'étaient teintés de jaune. J'aurais dû avoir pitié de lui et me taire, mais je voulais savoir. J'ai insisté :

– Tu sais qui sont ces gens ? Et Sobibor, c'est où ? Chez elle, en Pologne ?

Mon grand-père a fait un effort pour se reprendre. Sa voix s'est raffermie.

– Ces gens, ta grand-mère les a connus en 42, avant notre rencontre. C'est une époque de sa vie que nous avons choisi d'oublier tous les deux, même si ça a été très compliqué. Une époque de sa vie dont elle n'était pas fière et dont je n'ai pas le droit de parler, maintenant qu'elle a disparu.

– Mais tu les as connus, toi ?

Son visage était sombre. Un masque privé de toute expression.

– Non. Quand j'ai rencontré ta grand-mère, dans la ferme où j'étais prisonnier, ils étaient déjà morts depuis plusieurs mois.

– Eva Hirschbaum était allemande ?

– Non, elle était juive. Quant à Jacques, c'était un Français, un collaborateur.

J'étais abasourdie. Je me rendais compte que j'ignorais des pans entiers de l'histoire de ma grand-mère. Comme mes parents sans aucun doute. Au-delà du mythe, il y avait eu leur vie réelle et mes grands-parents avaient souhaité en taire certains épisodes. Ainsi, Mamouchka avait été en relation avec une femme juive allemande pendant la guerre. Où? Dans quelles circonstances? Pourquoi? Et Eva justement, qu'était-elle devenue?

Compte tenu de ce que je savais concernant cette époque, il n'était hélas pas difficile de l'imaginer. La nausée me gagnait. J'ai balbutié :

– Et Sobibor?

Je connaissais la réponse mais je désirais l'entendre de sa bouche. Il a marqué un temps. Ses yeux étaient loin, comme ceux de Mamouchka, cette nuit où elle avait refusé de me répondre. Mon grand-père a fini par murmurer :

– C'était un camp.

– Un camp de concentration?

– Un camp d'extermination.

Sa voix n'était plus qu'un souffle. J'avais envie de pleurer. Sobibor. Ce nom, je le connaissais depuis ce matin où, rentrant de chez eux, je l'avais cherché fébrilement dans l'encyclopédie. J'avais lu ce que les nazis y avaient fait. Deux cent cinquante mille personnes avaient été assassinées – quel autre mot employer? – à Sobibor, et leurs corps brûlés pour qu'il n'en reste rien! Ensuite, les nazis avaient fait disparaître les traces de leur forfait. J'avais été anéantie par ces horreurs. Qu'est-ce que ma grand-mère avait à voir avec un camp de la mort? Était-elle juive et, dans l'affirmative, pourquoi me l'aurait-on caché? Jacques, Eva Hirschbaum... Qui étaient exactement ces gens et pourquoi ma grand-mère les avait-elle fréquentés? Était-ce à Sobibor qu'Eva avait disparu? J'ai ouvert la bouche pour poser mes questions en cascade mais mon grand-père m'a interrompue :

– Emma, oublie tout ça, je t'en prie! C'est son passé, il ne t'appartient pas. Ça ne sert à rien de le remuer. Si tu ne le fais pas pour moi, fais-le pour elle, pour Mamouchka.

Il avait touché juste. J'ai acquiescé. Ils avaient le droit de posséder des secrets. C'était leur existence après tout. Ma grand-mère ne nous avait pas tout raconté et ce que savait mon grand-père était certainement lourd à porter. De toute façon, jamais Mamouchka n'aurait agi de manière condamnable. Je la connaissais trop.

J'ai embrassé grand-père et je suis montée me coucher. Cependant, j'avais conscience qu'il était deux noms que je ne pourrais plus oublier : Sobibor, si chargé de remords, et cet autre, tellement semblable au mien, Eva, dont j'ignorais que je connaîtrais un jour le destin.

CHAPITRE 6

Julien a téléphoné le lendemain de l'enterrement. Il m'avait fait parvenir un mot très gentil l'avant-veille, et je n'avais pas eu le cœur de lui refuser une rencontre. Nous ne nous étions pas vus depuis deux mois. Comme il était peu probable que je retourne au lycée dans l'immédiat, s'il n'avait pas pris l'initiative de passer, nous ne nous serions pas revus de l'année scolaire.

Il avait mauvaise mine. Pâle, amaigri, si différent du Julien d'avant. Je n'ai pas pu m'empêcher de le trouver beau mais sans que cela me pousse pour autant vers lui. Sans que je ressente ce besoin que j'avais, autrefois, de m'abriter contre sa poitrine. Nous étions à des années-lumière l'un de l'autre, pour toujours. Je m'en suis sentie un peu coupable car je savais qu'il ne se remettait pas de notre séparation. Il me l'avait dit, me l'avait écrit tant de fois.

Nous sommes montés dans ma chambre. Je me suis assise sur le lit, lui sur une chaise. Il ne restait plus rien entre nous de notre ancienne intimité. De toute façon, qu'avais-je à lui offrir ? Je me souvenais si bien de son visage la dernière fois qu'il m'avait tenue dans ses bras.

J'avais perçu que mon corps le rebutait. Moi, je savais déjà qu'il poursuivait, à travers celle que j'étais devenue, une qui n'était plus.

Pouvait-il le comprendre ? Au fur et à mesure que je perdais du poids, je m'étais allégée de ce qui m'encombrait ; je m'étais désintéressée de ce qui faisait de moi une femme. D'abord, ça avait été mes seins, puis mes hanches, mes cuisses et mes fesses. Mes règles enfin. Je dissimulais ma maigreur sous des pulls trop larges, des pantalons informes. Ma métamorphose était achevée : j'étais légère, sans désirs, toute tournée vers cette perfection à laquelle je croyais aspirer. J'avais retrouvé ma silhouette étroite de petite fille. Sans ma jeunesse. La peau de mon visage s'était creusée et accusait un âge qui n'était pas le mien.

Les mains de Julien avaient suivi chacune de mes victoires, jusqu'à ce que mes os saillants le dissuadent de me dispenser ces caresses que, de toute façon, je ne désirais plus. Par orgueil, il avait voulu se rendre responsable de ce que j'étais devenue. C'était sa façon de se donner de l'importance. Il ne comprenait pas que je me trouvais très loin de lui.

C'est à cette époque que, dans sa bouche inquiète, j'ai entendu ce nom pour la première fois. *Anorexie.* Une de ses amies d'enfance, m'avait-il expliqué, qui présentait des symptômes analogues aux miens, était en traitement dans un institut spécialisé à Bordeaux. Je devais réagir avant que mon état n'empire.

Ainsi, ce qui était un combat pour moi – même si je ne savais pas encore contre qui – était une maladie pour lui. Mes parents ont commencé à réagir, mollement, précisément à cause de Julien qui leur avait fait part de ses inquiétudes. Mon père, si étonnant que cela puisse paraître, n'avait jusqu'alors rien voulu voir. Ils m'ont envoyée consulter chez un de ses collègues. Celui-ci m'a pesée, auscultée, posé tout un tas de questions puis les a reçus en tête à tête pour leur faire part de ses conclusions. Ma mère, avec sa maladresse habituelle, m'en a donné un résumé savoureux :

– Le docteur Fouquet a été tout à fait rassurant. La situation est certes préoccupante, ma chérie, mais nullement alarmante. Il te faudra être vigilante, c'est tout, bien surveiller tes variations de poids et entamer une psychothérapie. Ce type de pathologie est fréquent chez les adolescentes jolies et intelligentes.

Elle avait ponctué cette dernière phrase d'un pincement des lèvres satisfait. C'était bien du maman. J'aurais dû me sentir flattée, j'imagine. Une maladie pour l'élite[1]...

Cette visite m'avait conduite en tout cas à me détacher définitivement de Julien. Lui en voulais-je de s'être mêlé de ce qui ne le regardait pas ? M'étais-je sentie trahie de savoir qu'il avait parlé de ma santé à mes parents sans me demander mon avis ? Peu importait finalement. C'était déjà loin.

Ce jour-là, j'étais touchée de le revoir mais plus troublée encore de me rendre compte qu'il ne représentait plus rien pour moi. J'ai quand même fait l'effort de l'interroger :

– Tu prépares le bac ?

Il a paru soulagé. Peut-être s'attendait-il à ce que j'évoque ma grand-mère. Il la connaissait si peu. Je l'ai laissé parler de nos profs, de ses révisions, de ses projets pour l'année suivante.

1. Élite : partie supérieure (par la naissance, la culture ou les mérites) d'une société.

– Ça ne te gêne pas de redoubler?

J'ai trouvé cette question stupide. C'était la dernière de mes préoccupations.

– Non. Pour l'instant, la fac ne me tente pas plus que ça. Tu me raconteras quand on se reverra…

Julien m'a adressé un sourire triste. Il ne croyait pas un mot de ce que je lui disais. Il m'a demandé avec une mine de victime :

– C'est définitivement fini entre nous?

– Je n'en sais rien. Le moment est peut-être mal choisi pour en parler.

Il a rougi et s'est levé.

– Je ne vais pas t'embêter plus longtemps…

Il aurait sans doute été poli de lui dire qu'il ne me dérangeait en rien, que j'étais contente qu'il soit venu. Il aurait sans doute été poli de le retenir un instant encore. Je ne l'ai pas fait. Pas par méchanceté. Par indifférence simplement. J'avais hâte qu'il s'en aille. Ma vie était entre parenthèses. Julien continuerait sa course. Sans moi.

Il m'a donné un baiser timide sur la joue et je l'ai raccompagné jusqu'à la porte d'entrée. Après, je suis montée à la salle de bains. J'avais besoin de me laver.

CHAPITRE 7

J'ai rempli la baignoire. J'y ai laissé tomber quelques gouttes d'un des parfums de ma mère. J'ai enlevé tous mes vêtements, je les ai fourrés dans la panière à linge sale et je me suis glissée dans le bain bouillant avec délectation. Mon visage s'est couvert de sueur et j'ai senti mon cœur battre plus fort dans ma poitrine. D'abord, je me suis allongée en arrière, bras ballants, comme une algue flottant entre deux eaux, indifférente et molle. Ensuite, je me suis savonnée longuement, frottant avec méticulosité[1] chaque centimètre carré de ma peau. J'ai lavé mes cheveux puis je me suis laissée glisser sur le dos jusqu'à ce que mes narines viennent effleurer la surface. Je suis restée immobile, en apesanteur, cédant à une douce somnolence.

Je me suis enfin rincée abondamment, à l'eau froide, jusqu'à ce que je me sente parfaitement propre. J'aurais aimé que le jet d'eau pénètre dans ma tête, qu'il emporte avec lui ma douleur, mes doutes, mes hésitations, qu'il me laisse immaculée.

1. Méticulosité : soin, application.

Je suis sortie de la baignoire et je me suis enveloppée dans une serviette. Apaisée.

Anorexie, ataraxie. La similitude des deux noms m'avait frappée, la première fois que j'avais entendu celui qui servait à définir mon état. Je préférais de loin l'ataraxie des stoïciens, dont mon grand-père m'avait entretenue un jour et que je m'efforçais de mettre en pratique.

Ataraxie : absence de trouble. Mon secret pour vivre. Absence de trouble, absence de désir. Désir de manger, de savoir.

Ataraxie, anorexie, oubli. Mon tiercé gagnant.

Je suis debout face au miroir de la salle de bains. Je l'essuie pour en ôter la buée puis je me dégage de ma serviette qui tombe à mes pieds. J'observe mon reflet.

Mes pommettes sont lisses et dures. Mes cheveux, plaqués en arrière, soulignent la forme nette de mon menton. Mes yeux, à peine cernés de mauve, sont vifs et brillants. Mon cou est mince, veiné de bleu. Plus bas, on distingue les tendons qui viennent fermement s'arrimer sur le haut de mon torse. Les lignes de mon corps sont dures et nettes. Mes côtes dessinent des courbes bien marquées, que ne dissimule aucune chair. Mes seins ont fondu. La peau est tendue sur ma poitrine comme celle d'un tambour. Nul renflement sur mon ventre dont j'éprouve la merveilleuse fermeté du bout des doigts. Mes hanches, mes cuisses sont menues, sèches. Si je me tourne, je sais que le bas de mon dos est plat. Plus de rondeurs, plus de fesses.

Je ne possède rien à cacher. Je me suis débarrassée de ce qui parasite un corps de femme : l'excès de chair, la graisse, la peau qui se modèle en courbes tendres et le sang qui coule, chaque mois. Seule l'ombre brune, obscène, au bas de mon ventre témoigne de ma féminité.

Je lève mes mains à hauteur de mes yeux. Elles sont longues et fines, élégantes. Mes ongles dessinent des demi-lunes nacrées à l'arrondi parfait. Ce corps, c'est moi qui l'ai façonné, qui l'ai épuré. Je l'ai corrigé, domestiqué, plié à ma volonté. Assujetti. Je tends vers l'absolu, je suis sans âge. Je ressemble maintenant à ces personnages lunaires des peintures médiévales : androgynes, longilignes et pâles.

Je me trouve belle.

J'ai ressenti, à cet instant précis, un mouvement de colère à l'égard de Julien. Il avait honte de moi, à la fin de notre relation. Il ne pouvait pas comprendre que je cherchais précisément à m'exclure, et à l'exclure, par la même occasion, de mon histoire.

J'avais peur. Car quelque chose était en train de se faire jour en moi. Quelque chose du passé de ma grand-mère que j'ignorais et qui pourtant m'horrifiait. Quelque chose d'assez honteux peut-être, pour qu'elle ait pu me mentir et emporter son secret dans la tombe, m'abandonnant à mes interrogations, mon désarroi.

Ma faim.

CHAPITRE 8

Mon grand-père s'est installé pour quelque temps chez nous. La grande maison des remparts l'insupportait. Il ne trouvait pas la force d'occuper ces lieux que Mamouchka et lui avaient habités. Son humeur était sombre, morose. Avec moi, il se montrait distant, évitant toute conversation intime. Avait-il peur que je l'interroge à nouveau sur le passé de Mamouchka, que je cherche à savoir ce qu'elle avait dissimulé tout au long de son existence ? Jamais je ne me le serais permis. Mes grands-parents étaient des gens exceptionnels. Leur vie avait servi de modèle à bon nombre de leurs amis. On les citait pour leur droiture, leurs qualités humaines. J'étais fière d'eux.

Mes difficultés étaient toujours venues de mes parents. Je ne pouvais m'empêcher de considérer ma mère comme une bécasse un peu obtuse[1], incapable de penser par elle-même, toujours en attente des avis de mon père, « le docteur », comme elle l'appelle parfois, ce qui m'agace au-delà de toute mesure. L'avait-elle d'ailleurs épousé parce qu'elle l'aimait ou bien parce qu'il était médecin ?

1. Obtuse : qui comprend très lentement.

Quant à mon père ? Comment savoir ? Il n'a jamais été très fort pour s'épancher. Ses deux frères ne lui ressemblent pas. Mes oncles sont ouverts, chaleureux, brillants en société. Papa a cependant la réputation d'être un excellent médecin, taciturne certes, mais au diagnostic sûr.

Je suis leur seul enfant et je le regrette. J'ai souvent le sentiment que nos moments les plus heureux nous les avons vécus lorsque j'étais petite, quand je ne voyais en eux que des êtres hors du commun, des géants protecteurs et tout-puissants. Mes parents.

Quand à l'adolescence l'édifice s'est brusquement fissuré, ma mère m'est apparue dans toute sa médiocrité et il m'a semblé que mon père me reprochait silencieusement de m'être éloignée de lui, d'être devenue en catimini une femme et non plus sa fille.

Pauvre papa ! Depuis plusieurs mois, j'étais redevenue sans grâce, mais mon enfance retrouvée ne nous avait hélas pas rapprochés. Avec mes fesses et mes seins, la tendresse était partie aussi. Et ma naïveté…

Dans les derniers jours de novembre, un samedi matin, ma mère m'a proposé d'aller ranger les affaires de Mamouchka. J'étais pour maman l'auxiliaire idéale… Depuis la mort de ma grand-mère, j'offrais l'image de l'équilibre le plus parfait. Je faisais face avec un courage que ma famille ne me supposait pas.

En réalité, je mettais tout mon talent à abuser ceux que je côtoyais, psychiatre compris. Dès que mes angoisses se faisaient trop pressantes, je courais me goinfrer. Jusqu'à la nausée. Personne n'imaginait que l'intégralité de mon argent de poche finissait en nourritures vite avalées, vite vomies. Personne ne remarquait les restes qui disparaissaient, les boîtes de conserves qui s'évaporaient, les paquets de gâteaux qui se volatilisaient. Dans le même temps, je maigrissais et mes vêtements amples dissimulaient à la perfection mes membres et mon corps décharnés.

Nous sommes parties ensemble pour la maison de mes grands-parents, sur les remparts. C'est une immense bâtisse en pierre de taille, entourée de parterres de rosiers auxquels Mamouchka accordait tous ses soins. Maman était émue d'y revenir. Ses mains tremblaient quand elle a ouvert la porte. Nous sommes entrées. Il faisait frais mais pas froid. Le chauffage tournait au ralenti depuis que grand-père n'y habitait plus. Ici, tout m'était familier : l'odeur de cire et de fleurs séchées, les parquets luisants, les meubles de bois sombre, les tapis, les hautes bibliothèques dans le bureau de mon grand-père où, petite fille, j'adorais rêvasser.

– Je vais à la cave chercher des cartons, m'a dit ma mère.

En l'attendant, je me suis rendue dans le petit salon. Le piano dormait dans son coin, pour toujours sans doute. Je ne me sentais plus le désir ni la force de poser un jour mes doigts sur un clavier. Sur le pupitre était ouvert un cahier. Ce ne pouvait être que mon grand-père qui l'avait placé là. Lorsqu'elle s'était sentie incapable de jouer, Mamouchka avait réuni ses partitions, les avait classées, m'en avait offert certaines, annotées de sa main, avait soigneusement rangé les autres puis les avait oubliées. Du moins était-ce ce qu'elle prétendait.

Je me suis penchée et j'ai déchiffré les premières mesures : c'était la grande chaconne de la *Partita* n° 2[1]

1. La grande chaconne de la *Partita* n° 2 : célèbre morceau pour violon de Bach.

pour violon seul, que je lui avais réclamée tant de fois, et qu'elle exécutait si merveilleusement bien. Je me suis souvenue de ce jour où, pour moi seule, elle l'avait interprétée avec une bouleversante émotion. Elle m'avait dit, dans son français si raffiné, tout parsemé de rythmes et d'accents inattendus :

– Dans cette chaconne, Emma, il y a toute la douleur que je ne saurai jamais plus exprimer avec des mots.

Au-delà de l'apparente banalité de cette phrase, du propos convenu, il m'avait semblé y déceler un sens qui m'échappait, mais qui était bien là, comme une ombre portée sur ses paroles. Je lui avais demandé à quelle douleur elle pouvait bien faire allusion, elle qui était l'image du bonheur accompli. Elle s'était contentée de me répondre avec un sourire triste :

– On ne peut pas oublier son passé, *koteczku**, même si aujourd'hui je suis tellement heureuse.

Une porte a claqué au fond du couloir. Ma mère revenait. Je suis allée à sa rencontre. Elle portait deux grandes boîtes en carton. Je lui ai offert de l'aider mais elle a refusé. Nous avons gagné la chambre de mes grands-parents. Maman m'a proposé de commencer par les vêtements de Mamouchka. Nous avons ouvert la grande armoire. Pour la première fois depuis sa mort, j'ai failli pleurer. J'ai couru aux toilettes, j'ai enfoncé mes doigts tout au fond de ma bouche et j'ai essayé de vomir.

Je suis retournée dans la chambre. Ma mère disposait avec soin les vêtements de Mamouchka dans les cartons. Elle reniflait en s'activant et, bientôt, de grosses larmes ont roulé sur ses joues. Pleurait-elle la mort de sa belle-mère ?

* « Mon tout petit chat. »

Pensait-elle qu'un jour ce serait moi qui mettrais ses vêtements dans des boîtes d'où ils ne sortiraient jamais plus ? Je l'ai aidée à plier les corsages, les jupes, les robes, les sous-vêtements. J'avais la tête vide, je sentais dans mes mains ces choses flasques, comme mortes, luttant contre l'envie de m'enfuir à toutes jambes. Pourtant, je ne manifestais rien ; je pliais, rangeais, pliais, rangeais, comme une machine bien réglée.

Bientôt, les cartons ont été pleins. Maman est partie en chercher d'autres. Je suis montée sur une chaise pour attraper une pile de vieux corsages aux teintes passées, placés, je ne sais pourquoi, sur la plus haute étagère. J'ai glissé mes mains par-dessous pour pouvoir les soulever d'un coup mais je me suis arrêtée. J'avais rencontré quelque chose sous les vêtements. J'ai tâtonné un peu. Saisissant l'objet entre deux doigts, je l'ai tiré à moi. C'était un cahier, un cahier d'écolier de couleur verte. Intriguée, je l'ai ouvert. J'étais sur le point d'appeler ma mère mais j'ai lu, sur la première page : *Journal de Jacques Desroches.*

Ma respiration s'est bloquée. *Jacques,* le prénom que Mamouchka avait prononcé dans son sommeil ! Cet homme dont mon grand-père ne souhaitait pas entendre parler ! Les pas de maman ont résonné derrière moi. Alors, avant qu'elle ne puisse voir ce que je faisais, j'ai soulevé mon pull et mon tee-shirt, j'ai enfilé le cahier dans mon pantalon, bien calé entre le tissu et ma peau, et j'ai rajusté mes vêtements.

Ensemble, nous nous sommes remises à l'ouvrage, vidant méthodiquement l'armoire de la présence de ma grand-mère. J'avais l'impression de la trahir mais en même temps, je la sentais bien chaude, blottie contre mon ventre. Mamouchka avait connu ce Jacques Desroches. Si elle avait conservé ce journal, c'est qu'il comptait pour elle. Il y avait même de grandes chances pour que cet homme y parle d'elle. Bientôt, je saurais ce qu'avait été son existence. Avant nous. Avant mon grand-père.

Arrêt sur lecture 2

Lorsqu'un écrivain s'adresse à de jeunes lecteurs, il choisit de créer un personnage dans lequel ils puissent retrouver une part d'eux-mêmes, un héros dont vous seriez proche au moins par l'âge. Il y a des romans pour adultes dont les protagonistes sont jeunes mais il existe peu de romans pour adolescents dont le personnage principal ne soit pas lui-même un enfant. Emma, que nous commençons à bien connaître à cette étape du roman, est une jeune fille de votre âge. C'est par rapport à elle que se situent tous les personnages du roman : parents, amis. Sa particularité est qu'elle est atteinte d'une véritable maladie, l'anorexie, qui vous est présentée de façon réaliste tant dans ses manifestations (privation, boulimie, vomissements, corps amaigri…) que dans les explications qui lui sont apportées.

Histoire d'une adolescente à la dérive

L'anorexie, description d'une vraie maladie

Dès la première ligne, on sait qu'Emma est une adolescente à problèmes. Il suffit de comparer les deux portraits qu'elle fait d'elle-même dans les deux premiers chapitres pour comprendre l'étendue et la nature de sa maladie (p. 27) :

C'était il y a un an, j'avais seize ans et demi, pas mal de kilos en plus. J'étais amoureuse.

À quoi s'oppose l'image qu'elle offre au directeur du centre commercial (p. 17) :

Il considérait avec effarement mes joues creuses, mes yeux cernés, mon corps squelettique que mes vêtements trop larges dissimulaient tant bien que mal.

En une année, Emma est passée de quelques kilos en trop à un corps beaucoup plus inquiétant, celui qu'elle détaille dans le miroir de la salle de bains au cours du chapitre 7 et qu'elle admire. Cette admiration a son importance car la maladie d'Emma est liée au regard qu'elle porte sur elle-même. Dès la pré-adolescence, elle connaît les premières appréhensions face aux transformations physiques qui la font sortir de l'enfance. Le chapitre 4 multiplie les phrases dans lesquelles il est question du regard qu'on porte sur soi ou de celui des autres : elle voit dans son miroir le « reflet d'une fille trop grosse à [son] goût » (p. 61), et évoque « l'image grotesque qu['elle] renvoyai[t] » aux autres (p. 62). Emma a une image idéale d'elle et ne parvient pas à y ressembler. D'un régime à l'autre elle change de corps. Une maladresse de Julien et la voilà lancée dans un processus sans retour, celui de l'anorexie ; là encore c'est une question de regard, celui que lui renvoie son ami lorsqu'il lâche, sous le feu de ses questions, qu'il la trouve « peut-être un peu ronde » (p. 63).

L'anorexie ne se résume cependant pas à une question de régime : il s'agit aussi d'un désir de transformer son corps, de le maîtriser et d'avoir toute-puissance sur lui. Il y a une satisfaction intense chez Emma lorsqu'elle se prive de tout, et fait plier son corps : si ce dernier a des besoins, elle décide de ne pas lui donner satisfaction. La découverte de sa capacité à se faire vomir, et donc à pouvoir manger sans grossir, est d'ailleurs vécue comme une immense victoire (p. 67) :

J'étais libre : mon corps m'obéirait désormais.

Mais au-delà de cette impression de puissance, la maladie prive

Emma de toute volonté, de tout désir. C'est une maladie de la négation du corps, du passage à l'âge adulte, des désirs et même de la négation des autres. Car l'anorexie isole : Emma se sent désormais loin de ses parents et de ses amis. Amoureuse de Julien dans le regard duquel elle se sentait exister, elle constate, lors de sa visite au lendemain de la mort de sa grand-mère (p. 73) :

Nous étions à des années-lumière l'un de l'autre, pour toujours.

Remonter aux racines du mal

Quelles peuvent-être les causes de la maladie d'Emma ? Plusieurs pistes nous sont données. On ne connaît pas une raison unique à l'anorexie, c'est souvent un ensemble de causes.

Emma est une adolescente d'aujourd'hui, soumise aux modes actuelles qui érigent la minceur en valeur absolue. Quelques kilos en trop, quelques rondeurs et la voilà différente des autres : Julien et ses amis lui renvoient d'ailleurs ce même regard teinté de critiques, de reproches. Maigrir est ici une façon de répondre aux attentes des autres et de soi-même, d'attirer à soi un regard amoureux et non plus moqueur.

Mais si l'on s'intéresse aux conditions de vie d'Emma, on se rend compte que ses relations familiales sont problématiques. Elle s'est peu à peu éloignée de ses parents et le vit mal. Sa mère a perdu de sa valeur à ses yeux, devenant même « une bécasse un peu obtuse », et son père est lointain, distant. Maigrir est alors aussi une tentative pour nier le passage du temps, la sortie de l'enfance : perdre les marques physiques de l'adolescence, c'est redevenir enfant et retrouver des relations simples et directes avec ses parents.

Et Mamouchka dans tout ça ? Quels rapports entre les révélations sur son passé et l'anorexie ? Ils ne sont pas directs et immédiats : ce n'est pas parce qu'elle apprend l'existence de zones d'ombre dans l'existence de ses grands-parents qu'Emma devient anorexique. Cependant ces révélations semblent accentuer les effets de la maladie. Ils sont des figures idéales et idéalisées, ce que ses parents ne sont pas (p. 60) :

J'avais toujours vécu avec l'image de ce couple exemplaire pour modèle. Ce qu'il y avait de solide en moi, je le leur devais.

Dès lors la prise de conscience du secret qu'ils cachent touche particulièrement un être déjà perturbé et fragile. L'image si belle d'un couple fort se fissure et laisse Emma à ses doutes : personne pour lui répondre et lui expliquer, son grand-père lui opposant une fin de non-recevoir, lui interdisant toute recherche au nom de sa grand-mère elle-même qui vient de mourir sans en avoir rien dit et la laissant à ses interrogations.

Les traces d'une histoire perturbée

On retrouve dans ces quatre chapitres les dérèglements chronologiques que nous avions observés au début du roman ; l'anorexie est ici liée à une histoire chaotique, une histoire enfouie qui cherche à refaire surface et qui se manifeste par à-coups : présence d'inconnus sur la tombe de Mamouchka, explications confuses du grand-père... jusqu'à la découverte du carnet de Jacques Desroches. Les époques se mélangent, on passe de l'adolescence à l'enfance d'Emma, de la mort de sa grand-mère aux souvenirs de la guerre, on assiste à la constitution d'un couple devenu mythique et un passé plus ancien fait même surface, juste avant cette rencontre.

Cette complexité temporelle fait entrer en collision le temps d'Emma et la guerre vécue par ses grands-parents. Nous en apprenons de plus en plus, par petites touches, sur ce camp d'extermination qui donne son titre au livre. Le voile du silence se fissure et des failles mènent vers la révélation de la vérité, très douloureuse pour Emma et les siens, manifestation violente de ce que l'on a voulu taire (p. 71) .

Emma, oublie tout ça, je t 'en prie ! C'est son passé, il ne t'appartient pas. Ça ne sert à rien de le remuer.

Mais contrairement à cette demande du grand-père, le lecteur se souvient du cauchemar de Mamouchka et des premières recherches sur Sobibor. À la fin du chapitre 5, on en sait plus sur Eva, une juive assassinée à Sobibor, sur ce camp, un camp d'extermination, et sur Jacques, un collaborateur. Le voile se lève progressivement sur une histoire obscure pleine de morts et de crimes, celle que va révéler la lecture du journal de Jacques Desroches trouvé au fond d'une armoire et dont nous avons déjà lu quelques pages dans le chapitre 3.

Texte à l'appui : une anorexique raconte son calvaire

Dans *Le Pavillon des enfants fous*, Valérie Valère raconte son internement dans un hôpital psychiatrique au milieu des années 1970. Anorexique, elle est enfermée, à treize ans, pendant quatre mois. Deux ans plus tard, elle en fait le récit dans un livre qui a eu un immense succès et dont nous vous proposons quelques extraits.

L'anorexie, un isolement

« C'était la fin du mois d'août. J'étais partie en vacances avec Sophie, une ancienne amie, grave erreur car nous ne nous étions pas vues depuis des mois et elle avait évolué, pendant le temps de notre séparation, entre une sœur qui se prostituait et une mère qui avait vécu trop d'années en Chine pour que le dépaysement ne la rende pas folle : les yeux hagards, les gestes maniaques, elle allait jusqu'à nous battre avec son balai ou dormait toute la journée. Lorsque je suis partie avec Sophie j'étais déjà « malade ». Au bout de quelques jours, elle devint très désagréable, probablement parce qu'elle ne comprenait pas et prenait mon attitude, à l'heure des repas, pour un défi. Un vide s'était établi entre nous que malgré nos concessions nous ne pourrions jamais combler.

L'atmosphère devint vite insupportable. Son père, vis-à-vis de moi, adoptait la meilleure attitude : il restait indifférent. Ce qui n'était pas le cas de l'oncle et de la tante, deux vieux aigris et butés qui faisaient semblant de s'occuper de moi, et prenaient leurs crises à chaque repas. Comment ne pas devenir neurasthénique ? Vidée de toute énergie, susceptible à l'excès, je pleurais à chaque phrase dite sur un ton plus élevé et le vieil oncle les criait toutes. Le soir, épuisée, je finissais par m'endormir en larmes à côté de cette fille qui maintenant ne me disait plus un mot et feignait elle aussi l'indifférence. Au réveil, j'avais le visage bouffi, des vertiges piquetés de couleurs, et entre les tempes une terrible barre de douleur et de haine. Pour ne pas détruire la belle tranquillité de leurs vacances, ils faisaient ceux qui ne voyaient rien. Je leur en voulais, et pourtant j'aurais refusé qu'ils s'occupent de moi. Je savais que leur aide n'aurait consisté qu'à me faire avaler de force toutes sortes de nourritures. C'était autre chose que je cherchais, une chose dont je n'avais pas conscience, inconnue, enfouie en moi.

Au bout de huit jours, le père retourna à Paris pour ses affaires et nous laissa avec l'oncle. J'avais des crises de larmes irrépressibles. À moitié étouffée par les draps, je sanglotais, angoissée, révoltée et désarmée. Cela ne pouvait plus durer. À la fin de la deuxième semaine, je demandai à son père, de retour pour le week-end, de me ramener avec lui à Paris. Il savait que ma mère était partie en Tunisie, mais je l'assurai que je téléphonerais à ma grand-mère. Et puis j'étais assez grande pour rester seule une semaine !

Ma grand-mère fut mécontente que je sois revenue : « Quoi, toute seule ! mais qu'est-ce que vont penser les gens ? Ils vont dire que ta mère t'a abandonnée. » Ridicule, d'abord parce qu'il n'y avait personne pour le remarquer, ensuite parce que l'opinion des autres...

Elle insista pour que je vienne manger chez elle au moins une fois par jour. Malgré tous mes stratagèmes pour me défiler, je dus y aller et l'heure des repas continua à être ma hantise, à aiguiser ma rancune envers ce monde incompréhensif. Comme mon grand-père paralysé piquait régulièrement ses colères en regardant mon assiette qui restait pleine, je parvins à convaincre cette vieille femme que ma présence était d'une mauvaise influence sur la santé de son mari. Que c'était plus prudent... Par un malheureux hasard, nous habitions très près, elle tint à m'apporter des provisions, biftecks, légumes, gâteaux, assaisonnés de ses réflexions moralisatrices insupportables. Elle avait de la chance que je n'aie plus toutes mes forces. Que le besoin de vengeance fût en moi autodestructeur. Chacune de ses phrases m'enfonçait davantage, concourait à ma perte ; elles me persuadaient que j'avais effectivement bien fait, que l'intolérance des gens est telle qu'ils n'acceptent aucune différence entre vous et eux. Rien n'est admis, on doit suivre leur troupeau, faire tout exactement comme ces robots. Pourquoi donc ne supportent-ils pas que quelqu'un refuse de manger ? Ça ne leur retire rien de leur assiette... ça ne les regarde pas... Je les détestais. »

Chapitre 2, Éditions Stock, 1978.

Rejet d'une certaine vision de la société

« L'infirmière m'a montré ma chambre et a tourné la clef dans la serrure. C'est impossible. Ils n'ont pas le droit de faire ça, ils n'ont pas le droit. Pourquoi ne me laissent-ils pas mourir en paix ? Je ne les gêne pas, je ne leur ai rien fait, et ils m'ont enfermée à clef, comme si j'avais tué. Ici il n'y a personne pour m'entendre, je suis seule. Seule pour des siècles, ils vont me forcer à vivre dans cette prison pendant des siècles, vous entendez ? des siècles !

Je me suis écroulée : une ruine de larmes, je vais étouffer de sanglots, je le voudrais ! Comme ça, ils ne m'auraient pas !

J'ai cherché dans le sac, que j'avais apporté, mes livres minutieusement choisis, je devrais les trouver. Ils les ont pris ! Mais pourquoi ? Qu'est-ce que ça peut leur faire que je lise ? Ils n'avaient pas le droit de me les enlever. Ils ont fouillé dans mes affaires ! Ils ne m'ont laissé que mon pyjama ! J'ai envie de casser cette fenêtre aux carreaux opaques, je ne peux même pas voir ce qu'il y a dehors, ils sont horribles, inhumains... jamais je ne trouverai le mot exact ! Il n'existe pas !

Je me suis réfugiée à la tête du lit, dans un minuscule espace, le plus petit possible, je n'en veux pas de leur sale pieu ! Mes yeux me font mal, ils peuvent à peine s'ouvrir, tout rentrés sous mes paupières bouffies. Ça n'a pas d'importance, je n'ai rien à regarder sauf les murs et je les hais.

S'ils croient m'avoir avec leur prison ! D'ailleurs, qu'est-ce qu'ils peuvent faire si je ne veux pas les rejoindre, ces cons ? Cette société, ce con de monde, cette conne de raison, cette conne de vie ! Ils ne peuvent rien faire, ils finiront bien par comprendre que c'est inutile de m'enfermer ! Ils apprendront que je suis encore plus entêtée qu'eux dans ma stupidité ! ce sont eux qui sont stupides. Vous vous rendez compte comme ils l'aiment leur garce de vie, ils sont prêts à donner n'importe quoi pour continuer à vivre ! Et pour vivre quoi ? leur sale bouffe, leur sale baise. Pour établir leur sale puissance, celle de leurs docteurs, de leurs directeurs ! Ils jouent avec leurs petites autos, c'est amusant de les conduire, tourner à gauche, boum ! accident. « Cent mille francs à la banque, monsieur ! » Celui-là, on l'enferme parce qu'il n'a pas payé. « Vous serez relâché quand vous aurez gagné de l'argent. » Mais comment peut-il en gagner puisque vous l'avez mis en prison ? « Il n'a qu'à vendre ses cigarettes ! »

Comment voulez-vous que je reprenne goût à la vie, comme vous dites, si vous m'enfermez dans un cachot ? Je n'aurai plus qu'une envie : mourir le plus vite possible ! « Mais non, puisque vous pouvez en sortir si vous le désirez, il suffit pour cela d'un petit effort de votre part, manger ce n'est tout de même pas tellement difficile ! » Ils n'y comprendront jamais rien ! Ils veulent m'imposer leurs règles de vie ! ils ne veulent pas me laisser le choix !

Attendez un peu que ce soit moi qui aie les dés, on vous enfermera en prison pour chantage ! Attendez un peu, faites bien attention, vous êtes sûr de vouloir rester sur cette case, vous ne vous plaindrez pas ensuite, vous ne m'accuserez pas d'avoir triché ? D'ailleurs, dans une minute il sera trop tard, les jeux sont terminés. »

Chapitre 3.

Haine de la mère

« J'entends des pas dans le couloir, l'infirmière entre et m'annonce d'un air fier et suffisant : « Ta mère. » Une femme bronzée, maquillée, toujours avec son sourire figé et vraiment par trop forcé. Elle m'examine comme une bête curieuse, je sens son regard s'infiltrer sous mes vêtements, se promener sur mon corps, pour constater l'amélioration de mon état. Je la déteste. Se penchant vers moi, elle me prend les mains, nerveusement. « Elle te plaît ta sale chose qui t'empêche de dormir ? » Non, je ne dirai rien.

« Alors, ma chérie, ça va ? »

Sans le « ma chérie » c'est la même voix que celle de cette doctoresse. Je ne peux plus, ça essaie de me percer les os des côtes… Merde, je perds encore, ça sort, ça éclate comme une bombe retournée contre moi.

« Ne pleure pas… Tu n'es pas contente de me voir ? »

Évidemment, je ne devais pas m'attendre à ce qu'elle comprenne. Je crois que je n'ai jamais autant détesté quelqu'un de toute ma vie.

« Tu te rends pas compte comme tu me fais de la peine. »

Allez, entame ton monologue plaintif. Continue… Je me calme un peu, ai-je donc oublié mon rêve ? Non, elle s'infiltre dedans comme une sale vipère, je suis obligée de l'accepter sinon tous mes fantasmes s'écroulent, si je ne l'accepte pas, elle va tout détruire, perfidement.

Silence. Non, ce n'est pas moi qui parlerai la première.

« Ah ! quelle peur ils m'ont faite ! Mon patron m'appelle à neuf heures dix et me dit : C'est l'hôpital, on vous demande d'urgence. Tu parles… Alors j'ai pris un taxi… Quelle… ! »

Tu n'avais qu'à y rester dans ton cher bureau. Non, ne t'énerve pas, ne l'écoute pas, tu verras avec un peu d'entraînement, tu ne l'entendras même plus. Puisqu'elle est là, autant qu'elle te serve à quelque chose, demande-lui de t'amener des choses décentes à manger. Je ne sais pas quoi, des biscuits, du chocolat, des trucs qui font grossir… Et espère qu'elle ne soit pas en train de suivre un régime, sinon tu vas te faire mal recevoir. Non, elle n'oserait quand même pas !

« Alors, tu n'as rien à me dire d'autre ? »

Qu'est-ce qu'elle veut que je lui raconte ? Ce que j'ai vu ici ? Les araignées, les cafards, les filles folles, le silence, la souffrance. Elle ne sait pas écouter, elle regarderait de combien de centimètres se sont épaissies mes hanches avec un air révoltant de propriétaire.

« Amène-moi quatre fois plus de choses que pour une personne normale. Deux fois pour moi, et deux fois pour ma copine à côté.

– Bien. »

Sa mine décontenancée me satisfait mais elle s'efface très vite pour faire place au plaisir de savoir que tous les choux à la crème, toutes les glaces au lait qu'elle m'apportera, je ne les jetterai plus. Sans compter les paquets de petits-beurre et les tablettes de chocolat « aux noisettes parce qu'il y a des vitamines », ça me retourne déjà le cœur… [...]

« Je ne viendrai pas tous les jours parce que avec mon travail… »

Voilà, elle a rempli son devoir, elle est venue voir sa « chose », maintenant, elle peut partir sans scrupules et même avec l'orgueil d'avoir mis sa fille entre de bonnes mains. « Oui, ils la soignent bien, elle m'a demandé de lui apporter à manger, elle n'est pas trop déprimée, non, vous savez, j'ai choisi un hôpital propre et joli… » Elle prépare déjà ses phrases pour l'amant qui l'attend à la sortie, elle prépare sa défense et sa plaidoirie de « non-coupable ». »

Chapitre 7.

à vous…

1 – Relisez les pages 56 à 60, de « Ils avaient vécu tous les deux une histoire d'amour hors du commun » à « langue qu'il avait apprise pendant ses quatre années de captivité et pour laquelle il s'était épris de passion ».

a) Expliquez l'utilisation de la voix passive : « elle avait été torturée », « il avait été fait prisonnier », « les deux amants furent recueillis », « mon grand-père et Anna furent séparés »…

b) Comment le grand-père a-t-il vécu cette période de son histoire ? Citez des expressions tirées du texte pour vous justifier.

c) Relevez les passages de cet extrait dans lesquels Emma insiste sur le caractère idéal de cet amour et de la vie de ses grands-parents.

d) Quels temps du passé sont employés dans cet extrait ? Justifiez leur valeur. Comparez avec d'autres passages du texte, par exemple p. 63 le récit de la scène avec Julien. Pourquoi, à votre avis, n'est-ce pas le même temps du récit ?

2 – Étude du rôle de Julien : vous semble-t-il un personnage important ou non du récit ? Justifiez votre réponse en développant au moins deux arguments.

3 – L'anorexie :

a) Faites des recherches sur cette maladie et comparez les éléments que vous aurez trouvés à la description qui en est faite dans le roman.

b) Faites l'historique de la maladie d'Emma (dates, raisons possibles, description de la maladie).
c) Argumentation : l'anorexie est une maladie presque exclusivement féminine, elle touche le corps des filles dans son aspect le plus intime. Certains passages vous ont-ils dérangé ? Pensez-vous qu'un tel récit s'adresse davantage à des lectrices qu'à des lecteurs ?

4 – Lisez les extraits du témoignage de Valérie Valère.
a) En quoi ces textes font-ils écho à la maladie d'Emma ?
b) Quelles sont les différentes cibles contre lesquelles Valérie Valère retourne sa violence ?
c) Par quels moyens (grammaticaux et lexicaux) traduit-elle cette violence ?

CHAPITRE 9

De retour à la maison, je suis montée m'enfermer dans ma chambre. J'ai extrait le cahier de mes vêtements et je l'ai posé sur mon lit. Sa couverture verte, assez épaisse, éraflée par endroits, avait visiblement beaucoup souffert. On l'avait renforcée à l'aide de minces feuilles de carton, adroitement collées. Les pages, constellées de taches brunes, avaient cette teinte cireuse que prend parfois la peau des vieillards. L'écriture, bien formée, élégante, ressemblait vaguement à celle de mon grand-père, patiemment et respectueusement apprise sur les bancs de l'école. Ma gorge s'est nouée, comme à chaque fois que je dois me résoudre à faire un choix important. Je me suis levée et je suis allée à la fenêtre. J'ai regardé à travers la vitre. La lumière de la lune inondait le jardin immobile. C'était une belle nuit de décembre, calme et froide. Les arbres découpaient leurs silhouettes torturées sur le mur de pierre qui donne sur la rue. J'ai frissonné et j'ai tiré le rideau. Mon regard est revenu sur le petit rectangle vert posé sur le lit, irrésistiblement attiré par ce qui s'y dissimulait.

À l'exaltation de la découverte avait succédé l'indécision. Avais-je le droit de connaître le contenu de ce journal ? Il ne m'appartenait pas. Plus grave encore, je l'avais volé. Qu'en faire alors ? Le remettre à mon grand-père ? Le détruire ?

Rétrospectivement, ces hésitations étaient-elles sincères ? J'en doute. Au fond de moi, une voix me soufflait que, de toute façon, je le lirais. Pourquoi alors me perdre en questions inutiles ? Tout simplement parce que je redoutais ce que j'allais y découvrir. J'avais peur d'y lire des mots que je ne souhaitais pas y rencontrer, des mots qui me hantaient depuis bientôt deux ans.

Maintenant, il me suffisait d'ouvrir ce cahier et je saurais…

J'ai tourné la première page et j'ai commencé à lire.

JOURNAL DE JACQUES DESROCHES

20 janvier 1942

Ce journal n'a pas l'ambition d'être exhaustif. J'ai décidé de le tenir en pointillé : j'y noterai mes idées et les événements marquants de ma nouvelle vie. À mon intention dans un premier temps, à l'usage des autres par la suite, s'ils estiment pouvoir y puiser de quoi alimenter leur réflexion sur ce que les hommes de ma génération ont jugé bon et utile de faire.

Si, comme cela est probable, je meurs au front, je souhaite qu'il soit remis à ma mère : elle y retrouvera ma voix. J'espère enfin que ces mots qui lui sont destinés apaiseront son chagrin. Qu'elle sache que mes choix ont été faits sereinement, avec la conscience pleine et entière des risques encourus.

Le 11 décembre dernier, l'Allemagne et l'Italie ont déclaré la guerre aux États-Unis. Presque dans le même temps, l'armée du Reich a connu de sérieux revers face aux armées de Staline. La Wehrmacht a dû battre en retraite. Hésiter n'est plus de mise. J'ai, par conséquent, pris la décision de m'engager dans la Légion des volontaires français. Je pars dans quelques heures. J'ai enfin trouvé le courage de me battre, de défendre les idées auxquelles je crois. Ainsi, mon combat ne restera pas un simple combat de mots. Je troque la plume contre le fusil, voilà tout. Doriot approuvera mon geste, lui qui estime mes articles au point de m'avoir poussé à les publier. Son engagement sur le front russe, l'an dernier, m'a montré la voie, et mes convictions trouvent aujourd'hui dans cet acte leur aboutissement logique.

J'ai lu d'une traite jusqu'à ce passage où Jacques Desroches écrit qu'il va se rendre à Sobibor. *Un nom étrange. Un joli nom.*

Le cahier m'est tombé des mains. J'avais découvert un puzzle dont chaque élément me faisait horreur : un jeune bourgeois collaborateur, pétri de certitudes, un nazi criminel et arrogant. Ce camp, Sobibor. Il restait évidemment un espace vide, une pièce manquante que je redoutais de retrouver et qui avait le visage de Mamouchka.

Maman m'a appelée, c'était l'heure du dîner. J'ai refermé le journal, je l'ai fourré sous mon oreiller et je suis descendue. De tout le repas je n'ai pas prononcé un mot. Je savais que si j'ouvrais la bouche, ce serait pour leur avouer ma découverte. J'ai préféré me taire et manger, pour la forme. Le visage de mon grand-père était inexpressif. Je ne le reconnaissais plus. Depuis la disparition de Mamouchka, quelque chose en lui était mort et nous étions incapables de lui redonner goût à la vie.

À peine le dîner achevé, prétextant un accès de fatigue, je suis remontée. J'ai filé aux toilettes, j'ai vomi puis j'ai regagné ma chambre. Je me suis assise et j'ai repris là où je m'étais interrompue.

J'ai lu. Jusqu'à la nausée. Après, j'ai dormi et j'ai voulu ne plus jamais me réveiller.

CHAPITRE 10

21 février 1942

Voilà déjà quelques jours que j'ai pris mes quartiers à Sobibor et que je me familiarise avec les individus et les lieux. C'est une véritable ruche bourdonnante d'activité : on s'y affaire avec une énergie communicative. Il faut dire que ce camp devra être opérationnel dès le début du mois de mai.

Sobibor est un village perdu dans les bois. Il se trouve dans le district de Lublin, sur la ligne de chemin de fer Chelm-Wlodawa. Nous sommes tout proches de la frontière ukrainienne. Qui m'aurait dit qu'un jour je viendrais m'enterrer en Pologne, dans un trou pareil ?

L'ensemble du personnel militaire est sous l'autorité directe du *Brigadeführer* Odilo Globocnic, chef de la police du district de Lublin, mais c'est le *Sturmbannführer* Christian Wirth qui a la haute main sur les travaux de construction du camp. Il nous a rendu une brève visite hier pour vérifier l'avancement des travaux.

Wirth est un gros homme au visage ingrat et à la voix dure qui a produit sur moi une impression des plus désagréables. J'ai immédiatement détesté sa façon de traiter ses subalternes et le mépris qu'il ne peut s'empêcher de témoigner à tout un chacun. Ses yeux, embusqués derrière ses lunettes rondes, ont quelque chose de mauvais, d'intensément pervers. Le *Sturmbannführer* manifeste cependant beaucoup de respect envers von Lebbe. Konrad m'a brièvement présenté et lui a annoncé que je dispose d'un statut spécial. En conséquence, même si je participe entièrement à la vie du camp, je reste sous ses ordres directs – façon détournée de signifier à Wirth mon appartenance aux services secrets. C'en devait être trop pour le gros homme qui a haussé les épaules, esquissé une moue agacée et ne m'a plus adressé la parole.

Sur place, le responsable est l'*Obersturmführer* Richard Thomalla, d'un abord beaucoup plus sympathique et avec qui j'entretiens des relations cordiales.

Le jour de mon arrivée, von Lebbe m'a emmené visiter les installations. Il s'agit ni plus ni moins d'un banal camp de prisonniers comme il en fleurit certainement un peu partout sur les territoires contrôlés par le Reich.

Le camp jouxte la gare de Sobibor, située elle-même en bordure d'un bois de sapins dont l'odeur parfume plaisamment l'atmosphère. C'est un rectangle de quatre cents mètres sur six cents mètres, ceinturé de barbelés. L'ensemble sera bientôt flanqué de quatre miradors. Il est subdivisé en trois *Lager**. Le camp 1, constitué des baraquements où seront logés les officiers et le personnel ukrainien. On y trouve également les locaux administratifs. Le camp 2, qui comporte divers entrepôts. Enfin, le camp 3, auquel on accède par un sentier bordé de barbelés d'environ cent cinquante mètres. J'imagine que les bâtiments

* « Camps », en allemand.

destinés à abriter les populations en transit y seront prochainement bâtis. Pour l'heure, on n'y découvre que quelques abris assez sommaires et des baraquements singulièrement spartiates.

Une équipe de cinq hommes travaillait dans un appentis adossé à des casemates de briques. Ils étaient occupés à installer sur un socle de béton un moteur Diesel de blindé, qui servira sans doute à actionner une machinerie particulière.

Nous les avons rejoints et von Lebbe a profité de cette rencontre inopinée pour justifier ma présence à Sobibor, car mes nouveaux compagnons me dévisageaient d'un air intrigué. Il s'agissait uniquement de SS, dont je me suis empressé de mémoriser les noms, précaution utile si je voulais être rapidement accepté et reconnu. J'ai donc fait la connaissance de Bauer, Floss, Stangl, Schwarz et Barbel.

Ce sont des individus un peu vulgaires avec lesquels je ne me sens guère d'atomes crochus. Je me suis cependant bien gardé de laisser transparaître mes sentiments. Konrad n'a évidemment pas été dupe et m'a adressé un clin d'œil de connivence avant de leur présenter Karl Frank, Allemand de mère française, élevé à Paris, de retour au sein du Reich : c'est-à-dire moi-même. Les cinq SS l'ont écouté avec attention, semblant se satisfaire de ses explications et ont trouvé amusant de plaisanter mon accent *französisch,* que je m'évertue pourtant à faire disparaître. Ils m'ont enfin distribué de grandes claques sur l'épaule en signe de bienvenue. Je me suis borné à leur sourire.

Nous avons poursuivi notre visite du *Lager3* mais je n'y ai guère trouvé d'intérêt. Tout au bout, à la lisière de la forêt, une dizaine de prisonniers creusaient de longues fosses qui serviront sans doute à couler les fondations de bâtiments plus importants.

Je ne saisis pas en quoi ce qui se trame ici pourra avoir une quelconque répercussion sur l'histoire de l'humanité, comme l'a insinué mon mentor, tandis que nous faisions route vers Sobibor. Ce matin, je m'en suis ouvert à lui. Von Lebbe a souri d'un air énigmatique, avant d'affirmer :

– Vous verrez, mon cher Jacques, vous verrez et vous jugerez…

26 février 1942

Les tâches que l'on m'a confiées sont triviales et ennuyeuses. Je suis chargé de constituer les équipes de prisonniers qui œuvrent à la construction des bâtiments. Il s'agit, pour la plupart, de Juifs raflés dans les villages avoisinants. Nous employons aussi de nombreuses entreprises de la région qui y trouvent largement leur compte. Je supervise enfin tout ce qui relève de l'approvisionnement en nourriture et en matériel. C'est une besogne ingrate dont je m'acquitte cependant avec beaucoup de sérieux.

Il m'arrive heureusement de m'évader pour de longues promenades. Ici, la guerre paraît tellement lointaine… Pour un peu, on l'oublierait. Les paysages sont d'une douce sauvagerie, la forêt décline de subtiles harmonies de verts et de bruns que j'ai plaisir à goûter en solitaire. J'éprouve également beaucoup de satisfaction à tenir ce journal dans ma langue, cette langue tant aimée que je ne parle plus guère, si l'on excepte quelques rares conversations avec Konrad. Je pense beaucoup à ma mère. Ces mots lui sont destinés. Peut-être les lira-t-elle un jour. Je n'ai pu lui envoyer une seule lettre depuis que je suis à Sobibor. Je n'en ai pas l'autorisation. Pour l'administration, la hiérarchie de l'armée, les miens, je suis sur le front de l'Est, au combat.

Cette nuit encore, j'ai fait un cauchemar dont je ne me

suis pas souvenu à mon réveil. Je me suis réveillé en criant. Le plus terrible est que je ne savais pas pourquoi.

4 mars 1942

Je n'ai décidément rien de spécial à noter. Chaque jour est semblable à celui qui précède. Ce n'est certes pas le destin dont je rêvais. Je m'ennuie d'autant plus que von Lebbe est parti une fois de plus pour une de ses missions secrètes. Il a dû rendre une nouvelle visite à Heydrich* avec qui il reste en contact permanent. Ses déplacements le conduisent régulièrement en Russie et dans les pays Baltes. Il m'a laissé entendre que l'an dernier il a supervisé en toute confidentialité des commandos, les *Einsatzgruppen***, chargés d'opérations spéciales aux côtés de la Wermacht. Je n'en sais pas plus car il m'a fait plusieurs fois comprendre que ses activités sont vouées au secret le plus absolu, mais je constate qu'au retour de chacune de ses missions il est amaigri et fiévreux, comme hanté par des visions dont il ne souhaite pas parler.

Je ne fréquente mes compagnons de camp que pour ne pas me retrouver encore plus seul. Ils ne ressemblent guère aux intellectuels raffinés que je côtoyais dans ma vie antérieure. Ils se connaissent tous plus ou moins pour avoir participé à l'opération T4 et partagent nombre de souvenirs, bien qu'ils n'en fassent guère état. Je ne m'habitue pas à

* Heydrich (Reinhard) (1904-1942), général SS, chargé de « résoudre le problème juif ». Il met sur pied les *Einsatzgruppen*, qui opèrent derrière la Wehrmacht et qui commettront nombre d'atrocités. Il est également l'un des principaux instigateurs de la conférence de Wannsee (1941) où sera décidée l'extermination des Juifs d'Europe. Il est assassiné à Prague par des résistants tchèques, le 4 juin 1942. Sa mort est le prétexte d'une répression féroce (voir la note de la page 112).

**Groupes d'intervention mobiles de policiers ou de SS chargés d'exécuter dans les territoires conquis sur l'URSS les communistes et les Soviétiques juifs.

leurs plaisanteries de corps de garde et à leur fâcheuse habitude de boire outre mesure. Je fais néanmoins bonne figure et prends garde à ne pas me faire rejeter de leur groupe, dont il m'arrive d'adopter les manières d'agir et de parler. Mes galons et l'amitié que me témoigne von Lebbe suffisent cependant à leur inspirer le respect.

Ce soir, Mentz était encore plus soûl qu'à l'habitude. Il a beuglé qu'il avait hâte de mettre en pratique la solution finale pour tous les Juifs d'Europe et d'ailleurs. Les autres ont levé leurs verres et ont porté un toast à ses paroles en souriant d'un air entendu mais sans faire le moindre commentaire. J'ai trinqué avec eux. Je sais que ce camp est un camp de transit pour les populations qu'on va nous envoyer, mais je ne sais pas pour quelle destination. Je me suis abstenu de le leur demander, ils n'auraient pas compris qu'un gradé soit aussi ignorant.

6 avril 1942

Nouveau cauchemar cette nuit. Peut-être faudra-t-il que je consulte un médecin s'ils perdurent car je me réveille fatigué et angoissé.

Les jours passent de façon désespérément monotone. Ces derniers temps, les travaux traînaient de manière telle que Globocnic a déposé Thomalla et l'a remplacé par l'*Obersturmführer* Franz Stangl. Cet officier me paraît d'une efficacité redoutable. Un groupe supplémentaire de travailleurs juifs a été ramené de Lublin afin de relancer la construction de divers bâtiments dans les trois camps. Mes activités me laissent suffisamment de temps pour lire et me promener dans les bois de sapins qui entourent le camp. Il fait parfois bon vivre ici, même si l'ennui me gagne souvent.

15 avril 1942

Von Lebbe est revenu hier au camp, épuisé, comme à son habitude, mais avec l'air satisfait de celui qui accomplit l'œuvre de sa vie.

Il m'a annoncé que notre camp de transit sera fin prêt dans moins de quinze jours et que nous pourrons y accueillir nos premiers visiteurs. Quand je lui ai demandé de m'indiquer la destination finale de nos prisonniers, il m'a proposé d'en discuter, ce soir, au cours d'un dîner que nous partagerons seuls. Je me réjouis d'échapper pour un soir à mes compagnons ! La conversation de Konrad possède un charme à nul autre pareil. Je vais enfin savoir s'il était sérieux quand il m'entretenait de l'importance de notre tâche. Dans le cas contraire, je demanderai poliment mais fermement à rejoindre les engagés volontaires sur le front de l'Est.

Ici, de nombreuses pages du journal ont été arrachées. Le récit reprend un mois et demi plus tard.

8 juin 1942

Un nouveau convoi de mille deux cents personnes, en provenance de Grabowiec, est arrivé ce matin pour être « réinstallé ». Nous l'avons traité avec notre efficacité coutumière, bien que les chambres à gaz soient petites et en nombre insuffisant. Stangl s'est engagé à le signaler à Wirth car il est impératif de trouver une solution dans les délais les plus brefs.

Nos équipes sont maintenant parfaitement rodées et nous savons éviter les mouvements de panique collective qui nous causaient, au début, tant de désagréments. Il faut dire que depuis le 5 mai dernier nous avons eu le temps d'affiner nos techniques. La procédure est désormais immuable et fort proche de celle employée par nos homologues de Belzec et de Treblinka. Les gardes ukrainiens réceptionnent le matériel humain sur la rampe d'accès de la gare de Sobibor et le conduit à l'intérieur du camp. Tout est fait pour rassurer les arrivants, car il est impératif qu'ils ne se doutent de rien ! La rapidité d'exécution est une des clés de notre réussite.

En traversant le camp 1, ils peuvent apercevoir des jardins joliment entretenus, des ateliers. Les gardes les invitent à laisser leurs sacs et affaires personnelles puis leur conseillent de bien repérer l'endroit où ils les déposent afin de pouvoir les retrouver plus tard. L'*Oberscharführer* Hermann Michel, suppléant de Stangl, accueille les nouveaux venus et s'excuse pour les pénibles conditions de transport qu'ils ont eu à supporter. Il leur explique avec beaucoup de conviction qu'ils viennent d'arriver dans un camp de transit et qu'ils vont être rapidement déplacés vers l'Est. Les juifs, ajoute-t-il non sans humour, devront désormais devenir des membres productifs de la société et se rendront en Ukraine pour y vivre et y travailler.

Hermann leur annonce alors qu'ils vont devoir se soumettre à une désinfection dans le but de prévenir tout risque d'épidémie. Il organise les groupes, sépare les hommes des femmes et des enfants. Ordre leur est ensuite donné de se déshabiller et de confier aux gardes leurs objets de valeur qui seront enfermés dans un coffre et leur seront rendus ultérieurement en échange du reçu officiel que nous leur remettons. La bonne bouille de Hermann inspire naturellement confiance et pas un ne songe à protester. Bien au contraire, il faut voir le contentement qui s'affiche sur leurs faces. Pour un peu, certains danseraient de joie. Hermann est un merveilleux comédien !

Je n'en dirais pas autant des subalternes qui ont pour mission de conduire les arrivants jusqu'aux cabines de «désinfection». Ce sont des rustres grossiers et brutaux, Ukrainiens ou Lithuaniens pour la plupart, d'une ignorance crasse mais absolument parfaits pour exécuter les tâches qui leur sont imparties. Un savant contraste est d'ailleurs entretenu entre les paroles lénifiantes[1] de Hermann et l'énergie avec laquelle les Ukrainiens manient leurs gourdins. Ainsi, les plus vindicatifs[2] parmi les nouveaux venus sont assagis dès leur première velléité de révolte. La masse des autres, moutonnière et résignée, obéit aux ordres avec une passivité proprement stupéfiante. Il faut avouer que la plupart nous parviennent dans un tel état d'abattement, après leurs quatre ou cinq jours de voyage, qu'ils sont généralement dans l'incapacité de s'opposer à nos décisions.

Une fois les Juifs déshabillés et leurs vêtements soigneusement pliés, deux cas de figure se présentent. Les vieillards, les handicapés, les malades, tous ceux qui sont incapables de marcher sont rassemblés à part afin d'être conduits au *Lazarett,* l'hôpital du camp. Ils sont en réalité conduits en charrette jusqu'aux fosses. Là, ils sont liquidés d'une balle dans la nuque et ensevelis.

Les Juifs valides sont emmenés jusqu'au camp 3, par la *Himmelstrasse**, comme l'a plaisamment baptisée un de mes compagnons. Il s'agit d'une allée bordée de barbelés dans lesquels des branches ont été savamment entremêlées afin de boucher la vue. Nous commençons par traiter les hommes. Vient ensuite le tour des enfants et des femmes.

* La «route vers le ciel».
1. Lénifiantes : apaisantes.
2. Vindicatifs : portés à la vengeance.

Celles-ci passent d'abord dans une baraque, « la boutique du coiffeur », où elles sont tondues. Ensuite, les Ukrainiens font entrer tout ce petit monde dans les douches et Fuchs ou Gotringer met le moteur Diesel en marche. Environ six cents personnes sont traitées à la fois. Au bout de trente minutes environ, des détenus juifs aèrent les chambres à gaz et évacuent les corps par la porte arrière. On arrache leurs dents en or, s'ils en possèdent, puis on entasse les dépouilles dans des tranchées de cinquante mètres sur dix mètres environ, où elles sont recouvertes de terre.

La dernière étape du processus est bien entendu la partie la plus pénible et je perçois souvent un trouble difficile à contrôler parmi les équipes qui se chargent de la collecte et de l'acheminement des cadavres jusqu'aux fosses. À la moindre défaillance, nous déplaçons les individus les plus fragiles. Quant aux prisonniers juifs chargés d'assister nos équipes, nous les éliminons eux aussi d'une balle dans la nuque.

J'avoue n'assister que de façon très exceptionnelle à ces exécutions. Non par pusillanimité[1] mais plus sûrement parce que je ne goûte guère le spectacle de la violence brutale ou gratuite, celle à laquelle les Ukrainiens ont recours pour entasser les arrivants dans les douches ou les châtier, s'ils protestent. Je la comprends, j'en sais la nécessité, mais elle ne me procure aucunement la satisfaction que je suis surpris de découvrir chez certains membres de l'équipe, Mentz ou Wagner par exemple.

Comme l'a fort justement formulé Konrad lors d'une de nos discussions :

– Notre efficacité provient de notre aptitude à maîtriser

1. Pusillanimité : manque de courage.

nos émotions. Ce ne sont pas des êtres humains que nous traitons. Le plus difficile est de le comprendre et de l'accepter. Quand on a saisi cette évidence, tout devient tellement plus simple. Il nous faut veiller également à ne pas poser le problème en termes prétendument moraux. Nous sommes par-delà le bien et le mal, et notre œuvre pourrait susciter bien des incompréhensions. Il importe donc qu'elle soit achevée quand nous nous en expliquerons. À ce moment-là, elle s'imposera par son évidence.

Dans l'immédiat, je supervise les opérations et me charge des statistiques, sous la direction de Schüt, l'administrateur du camp. Konrad se montre tout à fait satisfait de moi. Ma période de mise à l'épreuve est bel et bien terminée, et moi-même, je ne pensais pas que je m'acquitterais aussi correctement de ma tâche.

10 juin 1942

Nous avons reçu une visite éclair de l'*Obersturmführer* Adolf Eichmann, directeur du *Judenreferat**, venu inspecter nos installations et évaluer notre productivité. Heureux hasard du calendrier, deux convois en provenance d'Uchanie et de Biala Podlaska[1] nous ont été livrés. Cela représente plusieurs milliers d'individus et nous avons pu lui apporter la preuve évidente de notre efficacité. Von Lebbe semble bien le connaître et m'a confié en privé qu'il le considère comme un crétin et un lâche. Eichmann a prétexté en effet les excuses les plus futiles pour éviter de visiter les chambres à gaz et affronter la réalité de notre activité. Il était difficile d'ignorer que von Lebbe le traitait avec condescendance et un brin de mépris. Konrad m'a

* Les Affaires juives.
1. Uchanie, Biala Podlaska : villes proches de Lublin à l'est de la Pologne.

avoué après coup qu'il se demandait toujours si ce type de petit fonctionnaire zélé agissait par idéal ou plus simplement parce qu'on lui a appris à servir, qu'importent le maître et l'ouvrage à accomplir.

Je sais que Konrad avait une grande estime pour Heydrich[1], dont il était l'intime, et que j'ai eu l'honneur de rencontrer en mai dernier, quelques semaines avant son assassinat. Konrad a très mal vécu sa mort, le 4 juin, à la suite d'un attentat organisé par des terroristes tchèques. Il m'a annoncé que, ce matin même, de très sévères mesures de rétorsion* ont été prises ainsi que l'exécution de nombreux otages tchèques. Son émotion était visible tandis qu'il me parlait de leur ancienne amitié : ils partageaient les mêmes enthousiasmes, la même vision du monde et de l'avenir. Cette vision qui est désormais la mienne. Et l'*Endlösung,* la solution finale, me semble aujourd'hui le seul et l'unique moyen d'y parvenir.

2 juillet 1942

Nous coulons des jours beaucoup plus calmes, depuis quelque temps, et cela risque de se prolonger encore pendant plusieurs semaines, sans doute jusqu'à la fin août. La ligne de chemin de fer Lublin-Chelm est en travaux et nous ne réceptionnons que de rares convois en provenance du district de Lublin. Il m'est curieux de constater comme mes compagnons sont désœuvrés. Mentz est particulière-

* La mort de Heydrich fut le prétexte d'une répression féroce dans le village de Lidice, en Bohême, dont la population fut accusée d'avoir aidé des résistants. Le 10 juin, à l'aube, les 173 hommes furent arrêtés et exécutés à la mitrailleuse, les femmes et les enfants envoyés dans les camps de concentration, et le village rasé.

1. Heydrich : Reinhard Heydrich, qui était chargé de l'extermination des juifs de Pologne.

ment irascible[1] et croit à un complot organisé pour nous empêcher d'accomplir notre tâche. Hypothèse imbécile, je vois mal qui serait en état d'empêcher quoi que ce soit, tant les populations locales sont misérables et dans l'incapacité d'une quelconque action violente.

En hommage à Heydrich, notre programme d'extermination a désormais pour nom de code « *Aktion Reinhard* ». Von Lebbe nous l'a appris avant de s'absenter pour une semaine. Il m'a proposé de l'accompagner en Ukraine, mais j'ai décliné son offre, préférant poursuivre mes observations statistiques pour les trois camps et m'adonner à la lecture.

Les nouvelles du front russe sont réjouissantes.

Le 28 juin, la Wehrmacht a lancé une violente offensive à l'est de Kharkiv. Elle avance très rapidement et ne devrait faire qu'une bouchée de la racaille bolchevique.

3 juillet 1942

Un de ces incidents détestables, comme il en arrive tant ici, a gâché une partie de ma journée. Nous employons du personnel juif sur le camp, pour les tâches subalternes, il n'y a rien à redire à cela. À midi, la femme qui nous servait a fait un faux mouvement et a souillé la veste de l'*Oberscharführer* Gustav Wagner.

C'est un homme que j'appréciais au début de mon séjour à Sobibor. J'avoue qu'il m'a abusé, tant il faisait preuve de manières exquises. Il est grand, blond, très bel homme. En bref, un représentant parfait de la race des seigneurs, chère aux nazis. Il arrive encore fréquemment qu'en guise de plaisanterie, Stangl nous appelle les parfaits Aryens, von

1. Irascible : irritable, coléreux.

Lebbe, Wagner et moi. Stangl et Wagner sont d'ailleurs très liés. Ils se sont connus à Hartheim, en Haute-Autriche, lors du programme T4. C'est là que, sous la direction de Wirth, les techniques de gazage utilisées dans les camps ont été testées, améliorées et développées.

Ce Wagner s'est vite révélé capable d'une cruauté épouvantable vis-à-vis des arrivants. J'en suis souvent resté pantois[1], tant elle contredit l'extrême urbanité[2] dont il fait montre par ailleurs.

Toujours est-il qu'il s'est levé comme une furie, a roué de coups la maladroite et l'a traînée dehors, avant de la frapper des poings et des pieds et de l'exécuter avec son arme. Sur ce, Wagner a déclaré qu'il refusait à l'avenir d'être servi par une Juive et a demandé à Stangl d'intervenir en ce sens. Le reste du repas a été plutôt glacé et ma sympathie pour Wagner s'est définitivement évanouie. Ce n'est pas tant la mort de cette femme qui m'a gêné que la « manière » de Wagner. Je nc puis souffrir ces comportements qui déshonorent un être civilisé. Les nazis se sont donné une mission, ils se doivent de la mener à bien avec décence.

10 juillet 1942

Un événement de taille est venu bouleverser la monotonie de mes jours ici : je suis amoureux !

Je ne suis guère porté à l'émotion mais Anna a touché mon cœur comme personne avant elle. Konrad a été dans un premier temps étonné que je puisse « m'amouracher d'une petite servante polonaise ». Je lui ai annoncé qu'elle appartient à la meilleure société de Varsovie et que sa

1. Pantois : stupéfait.
2. Urbanité : politesse, respect des autres.

grand-mère paternelle était allemande, originaire de Köln. Il ne le savait évidemment pas, puisqu'il la prenait pour une paysanne inculte. Konrad a accepté de reconnaître que ses caractéristiques raciales sont du meilleur augure et que du sang aryen coule nécessairement dans ses veines. J'en ai été ému. Je puis écrire aujourd'hui que Konrad est mon ami. Nos échanges de vue sont fréquents et féconds. Nous partageons un vieux fonds de culture européenne dans lequel nous nous reconnaissons l'un l'autre. Je crois que son amitié pour moi lui a fait prendre le parti de celle que j'aime.

Anna – j'ai tant de bonheur à écrire son nom – est merveilleusement belle et séduisante. Je ne peux résister au plaisir de raconter en quelles circonstances j'ai fait sa connaissance.

Il y a cinq jours de cela, nous déjeunions avec Konrad et quelques officiers. La conversation, très animée, roulait sur nos chances de réussite en Russie. Quelqu'un est alors venu se placer sur mon côté et un bras s'est tendu pour poser un plat sur la table. Je l'ai suivi machinalement du regard et j'ai découvert une peau blonde et délicate que nimbait un imperceptible duvet doré. J'ai levé la tête, surpris. Depuis deux jours, nous étions servis par un Ukrainien, un gaillard épais aux allures de bûcheron. À sa place, se tenait une très jolie jeune femme vêtue d'un tablier blanc à manches courtes et d'une robe en tissu gris. Elle avait un je-ne-sais-quoi d'élégant et de racé qui surprenait de la part d'une fille de salle. L'inconnue s'est résolument emparée des plats vides et s'est dirigée vers les cuisines. Tandis qu'elle s'éloignait, je l'ai détaillée, mon regard aimanté par sa silhouette. Konrad m'observait, un sourire ironique aux lèvres.

– Cette fille vous plaît, Jacques ? C'est une paysanne polonaise qu'on nous a envoyée pour le service. Le Reich en fait une consommation invraisemblable par les temps qui courent, elles sont parfaites pour les travaux subalternes ! Dépêchez-vous de la prendre avant qu'un autre ne se l'approprie. Je dois reconnaître qu'elle est tout à fait plaisante, en dépit de ses origines raciales.

J'ai répondu sèchement :

– Je n'ai pas l'habitude de « prendre » les servantes, Konrad.

Il m'a fixé avec froideur avant de laisser tomber :

– Pourtant, dans nos milieux, c'est presque une institution, n'est-ce pas ?

J'étais furieux. Je me suis tu. Nous avions parlé français et nos compagnons de table nous considéraient sans comprendre, surpris par la vivacité de notre échange. Je me suis levé et j'ai quitté la table pour aller fumer à l'extérieur. La douceur de l'atmosphère m'a aidé à recouvrer mon calme. Le ciel était limpide et bleu. J'ai marché de long en large, le cœur en déroute, trouvant un piètre réconfort dans la fumée acre de ma cigarette. Konrad m'a rejoint quelques minutes plus tard. Il s'est excusé pour ses « propos malvenus ». Je lui ai assuré qu'ils étaient sans importance mais je n'ai pu m'empêcher d'éprouver un certain ressentiment à son égard.

Le soir, la jeune fille nous a de nouveau servis, mais Konrad s'est abstenu de tout commentaire. Je crois que je ne l'aurais pas supporté et ma réaction aurait pu être violente. Comme elle posait une carafe d'eau sur la table, j'ai cherché ses yeux et, les ayant trouvés, je lui ai souri. Elle m'a timidement rendu mon sourire. Après dîner, alors que nous avions quitté le baraquement et que nous nous dirigions vers le quartier des officiers, j'ai palpé mes poches avec un agacement feint et j'ai déclaré que j'avais oublié mes cigarettes. Mes compagnons ont-ils été dupes de ce piètre stratagème ? C'est somme toute sans importance.

La jeune paysanne était occupée à débarrasser la table. Quand elle m'a entendu entrer, elle s'est tournée vers moi comme si elle m'attendait et m'a dit :

– Vous avez oublié ceci.

Elle a tiré de son tablier le paquet que j'avais abandonné à dessein et me l'a tendu. Je me suis immobilisé, pétrifié par la surprise. Mon inconnue parlait français ! Elle avait entendu et donc nécessairement compris les paroles de Konrad, ce midi. Mon embarras devait se lire sur mon visage car elle a ajouté avec un accent charmant, doux et chantant :

– Merci d'avoir remis cet officier allemand à sa place.

Je n'ai su que lui répondre. Je me trouvais hors du temps, noyé dans la contemplation de son visage, ému jusqu'aux larmes par l'éclat de ses cheveux, la ligne de sa bouche, la forme de ses yeux. Je l'ai aimée d'emblée, avec une grande simplicité, comme une évidence qui m'apparaissait d'un seul coup. Je lui ai proposé un rendez-vous, qu'elle a accepté. Et puis un autre, et encore un autre. Je lui ai appris que je suis français, et non allemand, ce qui l'a ravie. Cette révélation a-t-elle été déterminante ? Peu importe. Elle est devenue ma maîtresse.

Konrad s'est montré absolument parfait et tout à fait digne de la confiance que je lui accorde. Sa délicatesse à mon égard ne laisse pas d'ailleurs de me surprendre. Il a informé Stangl et Wirth de la situation et a dû trouver les mots qui conviennent, car j'ai pu quitter le quartier des officiers et nous nous sommes installés dans une minuscule baraque à l'entrée du camp 1. Je goûte avec Anna un bonheur que je n'imaginais plus possible depuis la mort de mon père. Certes, il m'arrive encore de faire ces étranges cauchemars dont je ne me souviens pas, mais elle sait trouver les mots pour m'apaiser et me rassurer.

Anna possède une étonnante maîtrise du français et fait chaque jour des progrès qui me stupéfient. Elle connaît parfaitement notre littérature et notre culture en général : la francophilie est une vieille tradition en Pologne. Je lui ai promis qu'un jour je l'emmènerai chez nous, dans la demeure familiale, et que je la présenterai à ma mère.

Il est vrai que je n'ai pas à rougir d'elle : Anna a reçu une excellente éducation. Son père enseigne les mathématiques dans un lycée de Varsovie et sa mère donne des leçons de musique. Celle-ci joue, paraît-il, du piano à ravir, avec une prédilection pour Bach et bien évidemment Chopin. Anna est dotée d'une voix ravissante et m'enchante des cantates qu'elle avait l'habitude d'interpréter, accompagnée par sa mère. Elle-même étudiait le violon au conservatoire et se destinait à l'enseignement de cet instrument. Quand la guerre a éclaté, ses parents l'ont expédiée chez des cousins, à la campagne, croyant la mettre à l'abri. Ironie du sort, c'est là qu'elle a été réquisitionnée, avec beaucoup de jeunes paysannes polonaises afin d'aller travailler dans les usines allemandes. Je ne sais par quel hasard elle a échoué dans les cuisines de ce camp. Je ne peux que louer cet heureux coup du destin, il nous a permis de nous rencontrer, voilà tout ce qui compte.

Nous ne pouvons guère nous éloigner du camp et mes obligations de service accaparent la plus grande partie de mon temps. Nous parvenons cependant à nous échapper pour de longues promenades dans les champs et les bois.

J'apprécie toujours autant la beauté et la sérénité des lieux et j'aime à lui réciter des vers de mes poètes favoris, elle les comprend si bien.

Après la guerre, je lui ai juré qu'elle deviendrait ma femme.

17 juillet 1942

Aujourd'hui, alors que nous déjeunions ensemble, Anna m'a interrogé de manière abrupte sur la destination exacte de ce camp. Elle ne parvenait pas à dissimuler son inquiétude. Comme je feignais de m'étonner, elle m'a dit qu'elle avait surpris certaines conversations entre SS et que des Polonais venus effectuer des livraisons aux cuisines lui avaient affirmé qu'ici on exterminait des Juifs et qu'on l'exécuterait sûrement elle aussi.

Je savais que nous aurions cette conversation un jour ou l'autre. J'ai pesé chacun de mes mots pour lui expliquer ce qu'est la solution finale et la nécessité de nous débarrasser de la peste juive. En Pologne, on ne les goûte guère et j'espérais la convaincre facilement. Elle m'a écouté, livide, sans faire de commentaire et m'a finalement demandé :

– Combien de personnes avez-vous tuées depuis le mois de mai ?

Il ne m'a pas été difficile de lui répondre, puisque c'est moi qui collecte les chiffres transmis à Himmler. J'ai annoncé soixante-dix-sept mille Juifs traités. Elle m'a regardé, incrédule. Je n'ai pas été véritablement surpris de sa réaction. Konrad m'a prévenu : on ne croira pas les témoignages des survivants, si d'aventure il en réchappe. Notre entreprise est trop énorme, sans précédent dans l'histoire, pour qu'on prête l'oreille à ceux qui voudront en révéler l'existence. Les Alliés ne savent, m'a-t-on dit, que faire des informations contradictoires qui leur parviennent et accordent peu de crédit aux agences juives qui s'épuisent à les informer.

Je me suis assis à côté d'Anna et je l'ai enlacée. Elle tremblait. Je ne savais que dire. C'est elle qui a fini par parler :

– Jacques, quoi qui se passe ici, ne m'en parle pas, ne me dis rien. Je ne veux pas le savoir. Fais que je reste aux cuisines et que je n'en sorte pas. Fais-le pour moi, je t'en prie !

J'ai promis. Dans le fond, je n'espérais pas m'en tirer à si bon compte. Ici-bas, chacun se comporte en fonction de ce qu'il est. Certains agissent, d'autres meurent, d'autres enfin préfèrent ne rien voir et ne rien entendre. C'est ainsi.

18 juillet 1942

Ce matin, je me suis réveillé bien avant Anna. Elle dormait profondément, de ce sommeil lourd que je lui envie, moi qui dors si peu. Anna était sur le côté, tournée vers moi. Ses cheveux formaient un voile épais qui dissimulait ses traits et je sentais son souffle tiède sur ma main. Je suis resté longtemps sans bouger, à l'écoute de sa respiration. Puis délicatement, religieusement, j'ai soulevé sa chevelure, dévoilant peu à peu son menton, ses lèvres, son visage tout entier. Sa peau avait pris dans le demi-jour une teinte délicate, bistre et rosée. Ses paupières, à peine ombrées de bleu, frémissaient à chaque changement de la lumière qui filtrait au travers des mauvais volets.

Avec mille précautions, j'ai fait glisser le drap qui la recouvrait jusqu'à ce qu'elle soit nue et je me suis gorgé de son image, m'attardant sur chaque millimètre de sa peau, essayant de retenir chaque détail de son corps : le dessin de ses hanches, la rondeur de ses seins, la douceur de son ventre. Elle a ouvert les yeux et m'a souri. J'ai murmuré à son oreille : « Et mes yeux à tes yeux lentement s'empoisonnent. »

Le temps s'est remis à passer. Pour la première fois depuis une éternité, j'ai entendu un train s'immobiliser sur la plate-forme d'arrivée : soupirs épais de chaudière, cris stridents des freins, lamento du sifflet.

C'était la promesse d'un nouveau jour, d'un jour plein. je l'ai serrée dans mes bras et je me suis levé.

Ai-je besoin de dire que, à ce moment de ma lecture, j'étais au-delà du chagrin. J'ai posé le cahier. Je me suis levée et je suis retournée à la fenêtre. J'ai posé mon front sur la vitre glacée, humide de buée. Dehors, un fin brouillard estompait les silhouettes des arbres. J'ai fermé les yeux. Mes dents étaient serrées si fort que j'ai pensé : Elles vont se briser. C'était idiot.

J'avais peine à croire à ce que j'avais lu, et pourtant ces propos épouvantables étaient là. Écrits noir sur blanc, d'un beau style indifférent. Mon regard s'est perdu dans la nuit. J'aurais voulu y disparaître.

Avant mon grand-père, Mamouchka avait été une autre qui m'était étrangère. Une femme qui avait partagé la vie d'un monstre épouvantablement banal, inconscient peut-être de sa monstruosité. Et d'avoir sans doute aimé un tel homme, ma grand-mère en était irrémédiablement souillée. Le fil ténu qui nous liait encore était en train de se rompre.

J'ai eu la tentation, un instant, de m'arrêter là, de détruire ce cahier, de le brûler. Et puis j'ai compris que ça aurait été faire offense à ceux qui avaient trouvé leur fin à Sobibor.

J'ai repris ma lecture avec le sentiment que j'allais y laisser – jamais je n'aurais pensé qu'un tel mot puisse me venir à l'esprit – mon âme.

CHAPITRE 11

21 juillet 1942

Une épouvantable odeur de charogne a envahi le camp. Depuis quelques jours, la température est telle que les corps enterrés dans les fosses dégagent des gaz pestilentiels qui empoisonnent l'atmosphère et déposent leur puanteur partout. Même les vêtements en sont imprégnés. Par voie de conséquence, des tourbillons d'insectes s'abattent sur nous qui emplissent l'air de leurs bourdonnements. L'effet est tout à fait déplorable sur le personnel du camp, pour ne rien dire des Ukrainiens et des prisonniers juifs employés dans les ateliers. Nous redoutons la réaction des populations locales et ne souhaitons en aucun cas qu'elles ne parlent plus que nécessaire. Stangl s'inquiète en outre pour notre approvisionnement en eau. Il craint que les puits qui alimentent le camp ne soient contaminés par les infiltrations en provenance des charniers. Qui plus est, le spectacle des fosses grouillantes de larves est proprement insoutenable. Il va falloir en référer aux autorités.

Anna ne manifeste rien, fait comme si elle ne sentait rien. J'aurais compris qu'elle exprime son dégoût, sa peur, qu'elle me pose des questions. Par certains aspects, elle reste un mystère pour moi.

23 juillet 1942

Stangl est allé rendre compte à Wirth qui s'est mis dans une rage terrible et a hurlé qu'il fallait « se débarrasser de cette ordure », d'autant qu'un courrier de Himmler est arrivé stipulant qu'il est impératif de faire disparaître toutes traces des populations traitées. Comme cela se pratique déjà à Belzec et Treblinka, le *Reichsführer* a ordonné d'incinérer les cadavres. On nous a livré une excavatrice[1] et l'*Oberscharführer* Gomerski a organisé sur-le-champ une équipe d'ouvriers juifs chargés de procéder à l'exhumation et à la crémation des corps. Il a été contraint d'en abattre plusieurs avant de réussir à les mettre à la besogne.

La technique mise au point est sommaire. On dispose des rails sur un socle de ciment, un peu à la manière d'un gril. On y entasse du bois puis les corps partiellement décomposés, couche après couche. On arrose de pétrole et on enflamme le tout. Il suffit d'entretenir le brasier pour obtenir un résultat satisfaisant. Les os qui ne sont pas entièrement consumés sont broyés à coups de rouleau de bois et la poudre collectée mélangée à du sable avant d'être enterrée ou jetée tout simplement dans le Bug, le cours d'eau voisin.

25 juillet 1942

Une odeur douceâtre flotte sur le camp et s'insinue partout. Parfois, on devine une pluie de cendres presque imperceptible, tant elles sont fines, que le vent emporte et

1. Excavatrice : engin pour creuser le sol.

disperse au-dessus de nous. C'est tout ce qui reste de ceux qui sont arrivés ici : un voile immatériel qui se dissout dans la lumière du soleil.

Tantôt, l'odeur se fait plus pénétrante, plus agressive, presque poisseuse. On finit par s'y habituer et même par ne plus la sentir. La nuit, les flammes des fournaises s'élèvent à des hauteurs vertigineuses et font danser leurs ombres sur les sapins alentour. C'est un spectacle hallucinant, dantesque, une nuit de Walpurgis*.

La chaleur est infernale. Le brasier ronfle et semble vouloir engloutir tout ce qui passe à sa portée. On distingue, au centre, d'énormes amas de cendres écarlates et noires parcourues de soubresauts, de frémissements de bêtes carnivores. Des corps entiers s'y dessinent qui fondent lentement dans les flammes. Sans cesse, des prisonniers suants, noirs de crasse et de suie, alimentent en dépouilles humaines ce feu insatiable. La nuit, il m'arrive de quitter les bras d'Anna pour le retrouver. Nous nous sommes surpris, tous autant que nous sommes, à venir furtivement le contempler, comme s'il possédait un pouvoir magnétique qui nous attirait à lui sans que nous puissions nous y soustraire.

J'avais rêvé de flammes purificatrices, mais jamais je n'aurais osé imaginer celles que je vois se tordre devant moi, chaque soir, me brûlant la face. Jamais je n'aurais osé imaginer que la haine pour un peuple pourrait être portée à un tel degré d'incandescence.

* Selon la légende, sorciers et sorcières se réunissent pour fêter le sabbat pendant la nuit de Walpurgis, le 1er mai.

28 juillet 1942

Stangl nous a annoncé ce matin que la Wehrmacht poursuit sa route en direction de Stalingrad. Aux dernières nouvelles, Hitler a envoyé deux régiments en direction du sud, afin de s'emparer des gisements pétroliers de Maïkop, Groznyï et Bakou. Le Caucase est aux mains des nazis. Rommel a quasiment atteint le canal de Suez. Tout cela incite résolument à l'optimisme !

J'ai repensé cette nuit aux paroles d'Anna et aux avertissements que lui ont donnés les Polonais. Si elle ne m'avait pas rencontré, on l'aurait à coup sûr liquidée à un moment ou un autre. Elle est un témoin gênant et le secret le plus absolu doit entourer l'*Aktion Reinhard.* D'ailleurs, nous nous sommes tous engagés solennellement à ne parler en aucun cas de ce que nous voyons et faisons ici, dans quelque circonstance que ce soit. Je tremble à l'idée de ce qui se passerait si mes camarades savaient que je tiens ce journal, non chaque jour, je n'en ai ni le temps ni l'envie, mais néanmoins de manière régulière et précise. J'éprouve un besoin irrépressible d'y revenir ; je suis persuadé que je ne puis penser véritablement que dans ma langue. Coucher par écrit mes pensées me libère et m'aide à supporter le quotidien, dans ce qu'il a précisément de plus insupportable.

Seule Anna est au courant de l'existence de ce cahier mais j'ai une confiance absolue en elle. Il m'est étrange et précieux de penser que mon amour pour elle la sauve. Le destin nous a définitivement liés l'un à l'autre de manière indissoluble.

8 août 1942

De nombreux changements ont eu lieu ces derniers jours. Le 19 juillet dernier, un ordre de Himmler est parvenu à Wirth, le sommant d'accroître la capacité des camps de Treblinka, Belzec et Sobibor. Il y était précisé que, à la fin du mois de décembre de cette année, toutes les populations juives du Gouvernement général de Pologne devront avoir été exterminées. Le territoire devra être *Judenrein** !

Wirth a planifié l'ensemble des travaux qui ont tout d'abord commencé à Belzec, dès le mois de juillet. Les résultats ont été si satisfaisants qu'il a été nommé inspecteur pour les trois camps et le *Hauptsturmführer* Gottlieb Hering a pris sa place à Belzec. Stangl a lui aussi bénéficié d'une promotion. Il est devenu le commandant de Treblinka, qu'il doit réorganiser de fond en comble, et Reichleitner a pris sa place ici. À ce propos, il semble que l'équipe de Treblinka a eu les yeux plus gros que le ventre : elle s'est en effet révélée inapte à traiter correctement le matériel humain qu'on leur faisait parvenir. Wirth leur a envoyé l'*Unterscharführer* Erwin Lambert et le *Scharführer* Lorenz Hackenholt, responsables des chambres à gaz de Beizec. Ils superviseront les travaux de construction de «cabines de douches» supplémentaires.

Reichleitner m'a demandé de me rendre dès demain à Treblinka, en observateur. Ainsi, je serai à même d'organiser les équipes de travailleurs quand nous commencerons les travaux ici, en septembre.

26 août 1942

J'ai retrouvé avec un bonheur sans pareil mon Anna, après ces deux semaines d'absence, et j'espère ne plus avoir à la quitter de sitôt.

Les nouvelles chambres à gaz sont achevées et leur capa-

* «Libéré des Juifs».

cité a été quasiment multipliée par sept : ceux de Treblinka peuvent traiter quatre mille individus à la fois, désormais ! J'ai été impressionné par la façon dont ont été conduits ces travaux. C'est un groupe de quarante prisonniers juifs, provenant de Varsovie, qui les a menés à bien. Ils passaient près de quinze heures par jour sur le chantier et étaient dirigés par un Ukrainien nommé Woronikow. Cet homme est d'une cruauté inconcevable. Il les faisait travailler à coups de bâton, et chaque jour des ouvriers étaient exécutés, simplement pour l'exemple. J'avoue ne pas pouvoir me faire à cette violence directe. Je ne suis certainement pas le seul à réagir ainsi. Konrad m'a expliqué que si les gazages ont été développés dans de telles proportions, c'est précisément parce que les dégâts psychologiques chez les *Einsatzgruppen* du front de l'Est avaient été tels que la hiérarchie avait préféré utiliser des solutions plus « douces » pour les troupes. Qui plus est, le traitement industriel des individus est incroyablement plus efficace que n'importe quel groupe de soudards armés jusqu'aux dents.

La difficulté a été de conduire les travaux tout en poursuivant les gazages, mais Stangl est d'une efficacité redoutable. J'ai beaucoup appris à son contact.

2 septembre 1942

Lambert et Hackenholt sont arrivés hier pour nous aider à construire les nouvelles chambres à gaz. Les trois malheureuses cellules bâties initialement ne pourront suffire à traiter la totalité des arrivants qu'on va nous faire parvenir à un rythme sans cesse accéléré. Il est en effet prévu d'accueillir pas moins de vingt trains de soixante wagons par mois, à l'avenir.

4 septembre 1942
Grande nouvelle ! Hier, la VIe armée allemande et la IVe armée de panzers se sont retrouvées dans la banlieue de Stalingrad. La victoire semble proche. Je me prends presque à regretter de ne pas être au milieu de ces courageux combattants qui sont sur le point de mettre l'Union soviétique à genoux.

20 septembre 1942
Nos équipes ont terminé la construction de six nouvelles casemates en remplacement des trois cabines initiales. Nous pouvons désormais traiter mille deux cents individus à la fois. Le même moteur Diesel continue à fournir les gaz nécessaires à l'opération. Une innovation dont nous pouvons nous enorgueillir est l'aménagement d'une petite voie de chemin de fer de six wagons, qui relie les chambres à gaz aux fosses du camp 3. Ainsi, nous pourrons transporter les corps de façon plus efficace et conduire de nouvelles opérations avec un gain accru de productivité.

11 octobre 1942
Rien de particulier si ce n'est que je suis très fatigué et peu disponible pour tenir ce journal. Même si je ne m'en ouvre guère aux autres, j'éprouve parfois de sérieuses inquiétudes concernant la suite des événements. Les troupes allemandes qui assiègent Stalingrad n'avancent plus et la résistance des Soviétiques est plus acharnée que je ne l'imaginais. D'après ce que j'en sais, la guerre dans le Pacifique semble tourner à l'avantage des États-Unis. Des troupes américaines et britanniques ont débarqué au Maroc et en Algérie. Si nous nous enlisons à l'Est et si un second front s'ouvre au Sud, la situation risque de devenir très préoccupante.

Au moins, de notre côté, le camp tourne à nouveau de façon satisfaisante. Les travaux sur la voie de chemin de fer ont été terminés fin septembre et nous avons pu reprendre «les opérations spéciales», pour utiliser le vocabulaire consacré. Les nazis ont le génie des euphémismes! Nous traitons essentiellement des populations en provenance de Pologne et plus particulièrement de la région de Lublin qui était littéralement parasitée par les Juifs.

22 octobre 1942

Il m'est arrivé quelque chose d'étrange aujourd'hui, un de ces événements inexplicables et dont on ne peut effacer le souvenir de sa mémoire, quoiqu'on en ait le désir forcené. Un convoi assez lourd provenait d'Izbica. C'est à chaque fois un singulier spectacle que de voir arriver ces wagons sur la rampe. Ils avancent au pas et s'immobilisent dans un concert de freins assourdissant. À travers les lucarnes grillagées des wagons, on aperçoit des visages blafards, effrayés. Les Ukrainiens ouvrent les portes et c'est la cohue des effarés qui commence. D'habitude, je ne vois qu'un troupeau dans ce flot. Ils descendent sur le quai épuisés, les yeux éblouis par la lumière qu'ils n'ont pas vue depuis des jours, sales à faire peur, dépourvus de cette dignité qui force l'admiration chez les peuples forts. Comment éprouver de la compassion pour eux quand ils n'inspirent que du mépris?

On les mène à l'abattoir et ils ne se révoltent pas, malgré les cris, les insultes, les coups. Ils semblent ne vouloir se douter de rien, confiants en leur Dieu ou en je ne sais quoi, incapables de concevoir ce que nous avons imaginé pour eux.

Toujours est-il que je détaillais cette horde misérable,

que les Ukrainiens regroupaient énergiquement, lorsque j'ai croisé le regard intense d'un grand vieillard. Ça n'a duré qu'une seconde mais je m'en suis senti déstabilisé. À ce moment, Bolender est venu m'importuner avec un de ces problèmes d'intendance qu'il affectionne. Il m'a tendu un document à signer et j'ai momentanément oublié le vieil homme. Quand j'ai relevé la tête, les yeux de l'inconnu étaient toujours posés sur moi.

J'ai pris le temps d'étudier sa physionomie. D'habitude, ils n'osent nous regarder en face et se détournent, domptés par la crainte. C'était un homme âgé de soixante-dix ans, peut-être, avec un visage semblable à ceux qu'ils prêtent à leurs prophètes : le front haut et parcouru de rides profondes, les cheveux argentés, des sourcils épais et une barbe d'un blanc éblouissant. Comme il dépassait ses congénères d'une bonne tête, j'apercevais le haut de son corps. Il portait une veste noire de bonne coupe et une chemise blanche. Il émanait de sa personne une dignité, une autorité incontestable et j'ai pensé que ce devait être un professeur ou un médecin. Un rabbin peut-être. Wagner a formé les groupes et leur a servi son petit discours habituel. Le vieil homme s'est tourné vers lui et l'a écouté.

Il arrive que les visages de certains expriment de l'hésitation ou de la défiance vis-à-vis des propos de celui qui est chargé de les accueillir, mais là, j'ai bien vu que le vieillard n'en croyait pas un mot. Il a haussé les épaules et m'a contemplé, avec une insupportable sérénité.

Il m'a alors paru que le monde se taisait. Tout était silence. Il n'y avait plus rien que cet homme qui semblait me dire : « Je sais ce que vous allez faire de moi. Je ne suis pas dupe. »

Quelqu'un m'a parlé. Le charme s'est rompu et le vacarme a empli le camp. Les groupes se sont ébranlés et la troupe d'hommes est passée devant moi, huée, bousculée sans ménagements par les gardes. Le vieil homme ne me quittait pas des yeux. En passant à ma hauteur, il a marqué un léger temps d'arrêt, indifférent à la bousculade, et il a prononcé un mot que je n'ai pas compris, quelque chose comme : *Zakhor*. Puis il a suivi les autres, vers la *Himmelstrasse,* sans même se retourner.

Il avait une voix de chantre[1] : mélodieuse, profonde et grave. Qu'avait-il dit ? Pourquoi s'était-il adressé à moi ? Et à moi seul parmi tous les autres ? Je ne croyais pas à une insulte. Je suis resté muet. J'ai senti mes jambes vaciller. Soudain, j'étais honteux. À la merci d'un gouffre qui venait de s'ouvrir au plus profond de moi. On les a emmenés vers le boyau, vers les chambres à gaz et je n'ai pas eu la présence d'esprit de le faire revenir, de lui demander le sens de ce qu'il avait proféré. À l'heure qu'il est, son corps a dû rejoindre les bûchers d'incinération. Bientôt, il n'en restera plus que des cendres. Je ne sais rien de lui, pas même son nom. Et je ne chercherai pas à le savoir, pas plus que le sens de ce mot.

« *Pulvis es** … »

Ici, le récit s'est interrompu pendant six mois avant de reprendre. De nombreuses pages manquaient encore, mais pas suffisamment pour couvrir une telle période. L'a-t-il consigné ailleurs ? A-t-il été dans l'incapacité d'écrire ? Il n'y fait aucune allusion.

* « Tu es poussière… »
1. Voix de chantre : voix forte et sonore.

26 avril 1943

La provenance des populations que nous traitons est très variée tant les Juifs ont parasité l'Europe entière : Pologne évidemment, Hollande, Belgique, Slovaquie, je ne peux les citer tous.

Hier, j'ai été troublé de voir arriver des Juifs français. Entendre ma langue ici, si loin de chez moi, m'a profondément ému. Je n'ai évidemment pas cherché à échanger le moindre mot avec eux mais une incontrôlable vague de nostalgie m'a submergé. Retournerai-je un jour en France ? Anna m'y accompagnera-t-elle ?

Ici, il manque encore une dizaine de pages, maladroitement déchirées.

30 mai 1943

L'état d'Anna s'améliore de jour en jour. J'étais incapable d'écrire depuis son opération, préférant m'épuiser au travail pour ne plus avoir à penser. Anna a failli mourir à la suite de son accident. Elle a perdu l'enfant qu'elle attendait et a été victime d'une infection qui a bien failli lui être fatale. Le médecin venu de Lublin a fait des miracles.

Comment surmonter mon sentiment de culpabilité ? Je sais que je suis le premier responsable de l'état d'Anna et de la mort de mon fils, celui qui aurait été mon fils. J'ai terriblement peur qu'elle me haïsse, qu'elle ne veuille plus de moi. J'ai peur de ce que nous allons devenir.

La venue de cet enfant n'était pas souhaitée. Anna s'est rendu compte qu'elle était enceinte au début du mois de février et me l'a tout d'abord caché. J'ai très mal pris la chose quand elle me l'a annoncé, le 27 avril dernier pour être exact, mais, en dépit de ma réaction négative et malgré nos conditions de vie extrêmement difficiles, elle s'est obstinée à vouloir le garder. C'était une vraie folie et Konrad m'avait persuadé de la nécessité d'un avortement. Devant l'entêtement d'Anna – elle a reçu une éducation catholique, avorter est pour elle inconcevable – il m'a promis qu'il l'éloignerait du camp dès la naissance de l'enfant.

Et l'imprévisible a eu lieu.

Mais pour comprendre comment les choses se sont exactement passées il faut remonter au premier soir de mai. Anna était couchée. J'avais besoin de parler, de m'épancher, d'agiter des mots et des idées. J'ai retrouvé Konrad et nous sommes partis marcher dans les chemins autour du camp.

Anna apprécie peu que nous nous fréquentions, Konrad et moi. Elle le nomme entre nous «mon mauvais génie». Anna s'imagine qu'il exerce une influence trop déterminante sur ma pensée et ma conduite. Elle ne veut pas admettre que je suis, moi aussi, capable de libre arbitre et de réflexion. Il se trouve que nous partageons un grand nombre de convictions, voilà tout.

Bref, Konrad et moi discutions de l'avenir de l'Europe, de nos engagements, de la fidélité à nos convictions et des moyens pour les mettre en œuvre. Je lui ai fait part de mes interrogations. La défaite et le repli des troupes allemandes face aux Soviétiques en février dernier m'avaient porté un rude coup au moral. La Wehrmacht a dû se replier du Caucase. La situation en Asie n'est guère meilleure. Konrad a balayé mes inquiétudes d'un geste.

– L'Allemagne dispose de ressources que vous ne soupçonnez guère. Nous vaincrons parce que notre combat est juste !

La formule n'admettait pas de réplique et j'ai préféré changer de sujet. Nous avons évoqué une fois de plus le cas de ce cher Eichmann, célèbre pour sa couardise mais planificateur efficace. Konrad m'a demandé :

– Et toi, mon cher Jacques, oserais-tu te risquer à autre chose qu'un simple travail d'organisation ?

Comme je lui demandais de préciser sa pensée, il a poursuivi :

– J'admets que ta collaboration est sans faille, que tu participes avec cœur à notre programme. Mais serais-tu capable, toi-même, d'éliminer quelques-uns de nos chers *Juden** ?

Une vague de frissons a parcouru mes membres. J'ai demandé :

– En d'autres termes, tu me demandes si je pourrais tuer de sang-froid ?

Mon ami a éclaté de rire.

– Non, cela tu le fais depuis des mois, même si tu prends garde à ne pas te salir les doigts. Je te demande plus simplement si tu aurais le courage de transformer une idée en acte et de tuer, non par procuration, mais, comment dire, de tes propres mains ? Il ne s'agirait pas d'un acte gratuit, à la manière du Lafcadio** de Gide, mais d'un acte délibéré, chargé de sens. Un acte qui t'engage.

J'avais du mal à avaler ma salive. Konrad avait parfaitement perçu mon trouble. Il m'a invité du regard à répondre.

De ma vie je n'ai tué, pas même un animal. À l'époque où je pensais partir sur le front de l'Est, je m'étais bien entendu

* « Juifs ».
**Dans *Les Caves du Vatican*, roman d'André Gide, un personnage, Lafcadio, commet un crime, sans raison, de manière parfaitement « gratuite », pour affirmer sa liberté.

interrogé sur ma capacité à donner la mort. Je savais qu'au cours d'un affrontement je trouverais la force de le faire. Mais ainsi, froidement, face à un homme désarmé...

Konrad avait semé le doute dans mon esprit en affirmant que je savais tuer de sang-froid. Depuis plus d'un an, des dizaines de milliers d'hommes, de femmes et d'enfants étaient morts ici, mais je me sentais à mille lieues d'eux. Je déclinais toute responsabilité. J'exerçais une fonction, j'obéissais à des ordres. Rien de plus. Je ne me considérais pas comme un meurtrier.

Je me souviens parfaitement de ce jour de mars 1942 où Konrad m'a annoncé la destination de ce camp. J'avais été soufflé par l'énormité du projet. Assommé. Ma haine des Juifs ne m'avait jamais conduit à de telles imaginations. Pour moi, il fallait les envoyer ailleurs, au diable, le plus loin possible et les priver de leur pouvoir de nuisance. Konrad m'a alors expliqué que c'est ce que ses supérieurs avaient cru eux aussi, dans un premier temps. Il leur était apparu que la mise en œuvre d'un tel projet aurait été trop complexe. Il ne fallait plus repousser le problème, il fallait traiter le mal à la racine et l'extirper définitivement. Les Juifs devaient disparaître physiquement d'Europe et du reste du monde. Notre devoir était de les éliminer en masse et d'utiliser à cet effet les techniques les plus efficaces. Ses arguments m'avaient d'abord révolté, puis lentement séduit. Ils avaient le mérite d'être simples et définitifs.

La voix de Konrad m'a tiré de mes pensées.

– Alors?

Il voulait évidemment me mettre à l'épreuve. Je lui ai demandé :

– Et toi, le pourrais-tu?

– Mais je l'ai déjà fait, mon cher, et plus d'une fois. Ici

en Pologne, mais aussi en Ukraine, en Russie, en 41 et 42, en compagnie des *Einsatzgruppen*. C'est un excellent exercice qui forge le caractère.

J'ai frémi, n'ignorant rien de ces *Einsatzgruppen* : Konrad m'en avait parlé à plusieurs reprises. Ils s'étaient chargés de l'élimination systématique des populations juives dans les territoires conquis. Stangl m'a raconté les pires horreurs sur leurs méthodes. J'ai observé avec attention Konrad, ne parvenant à savoir s'il était sérieux ou s'il mentait pour m'éprouver. Je ne le voyais guère, distingué, cultivé, civilisé comme il l'était, souiller ses mains avec le sang de ceux dont il planifie l'extermination. Konrad est un donneur d'ordres, pas un exécutant.

Nos pas nous avaient ramenés aux portes du camp. Konrad m'a serré la main et m'a souhaité de très beaux rêves.

Cette nuit-là, j'ai mal dormi. Les paroles de mon ami résonnaient dans ma tête. J'étais complice des nazis, certes, mais j'étais cependant inapte à éliminer moi-même ceux que, par mon action, je condamnais à disparaître. Jusqu'ici, je m'étais contenté d'un rôle de rouage modeste mais efficace. Aujourd'hui, Konrad me demandait une forme d'engagement supplémentaire. Un acte qui sanctifie le pacte que nous avions conclu un an auparavant.

L'occasion ne s'est pas présentée avant le 21 mai. Ce jour-là, est arrivé en gare un convoi comportant deux mille cinq cent onze Juifs, du camp de regroupement de Westerbork, en Hollande. Nous avons fait descendre les passagers et nous les avons rassemblés par sexe afin de les envoyer au camp 3 dans les délais les plus brefs. D'habitude, nous laissons les mères avec leurs enfants, mais exceptionnellement, ce jour-là, pour des raisons qui m'échappent encore, nous avons dû les séparer. Tout se passait le mieux du monde quand un sinistre petit crétin s'est échappé du groupe dans lequel il avait été placé pour courir vers sa mère, qui l'a rejoint, en dépit des ordres stricts qu'on leur avait donnés. Ce type de comportement est du plus mauvais effet. Il génère la plupart du temps des complications insolubles, voire des mouvements de révolte chez les nouveaux arrivants ainsi que chez les Juifs qui travaillent dans le camp. Ce n'est évidemment pas à un officier de régler de tels problèmes, mais ces imbéciles d'Ukrainiens se laissaient dépasser par les événements. J'étais le plus proche, je me suis précipité pour ordonner à la femme et à l'enfant de retourner d'où ils venaient. Elle s'est mise à hurler comme une folle et son gamin a refusé de se détacher d'elle. Je ne savais plus quelle attitude adopter et commençais à perdre contenance. C'est alors que j'ai vu Konrad, à dix mètres de là. Il m'examinait avec une intensité incroyable. J'ai compris qu'il attendait de moi un geste exemplaire. Tous me regardaient d'ailleurs, personnel du camp, prisonniers, retenant leur souffle.

J'ai sorti mon arme et j'ai abattu l'enfant. Curieusement, je n'ai rien ressenti. Ni joie, ni haine. Rien. J'avais l'impression d'assister à une scène à laquelle je ne prenais pas part. J'étais le spectateur de mes propres actes, un spectateur étonnamment indifférent.

Sous l'impact de la balle, le garçon a été projeté en arrière et s'est effondré. Sa mère est restée figée, la bouche ouverte. Je me souviens d'avoir pensé : « Tiens, elle ne crie plus. » Alors, à son tour, je l'ai abattue. J'ai souri à Konrad mais son visage s'était figé. Il fixait un point derrière moi, l'air terriblement ennuyé. Je me suis retourné.

Anna était là, qui avait tout vu. J'ai lu l'horreur sur ses

traits et quelque chose qui ressemblait à la folie. J'ai lâché mon arme. Quelqu'un a hurlé des ordres. Les Ukrainiens ont rassemblé les prisonniers à coups de gourdin et les ont emmenés. Anna a pris sa tête entre ses mains et a roulé au sol, inanimée.

On l'a conduite à l'infirmerie, mais dès qu'elle est sortie de son évanouissement, elle s'en est échappée et a réussi à retrouver la mère et l'enfant. On avait traîné les corps dans un baraquement en attendant de les conduire vers les fosses. Par bonheur, l'infirmier l'a rapidement retrouvée et l'a conduite chez nous. Il m'a raconté qu'elle avait fouillé dans le sac à main de la femme. Anna paraissait obsédée par l'idée de savoir qui ils étaient, elle et son fils, et d'où ils venaient. Le soir, elle m'a appris qu'ils étaient des Juifs allemands réfugiés depuis 1938 en Hollande. Ses larmes ont redoublé quand elle m'a dit que le mari de cette femme était mort pendant le transport, la veille de leur arrivée. Comme je m'étonnais qu'elle en sache autant, elle m'a montré un petit carnet que la femme avait tenu depuis son départ de Westerbork.

Furieux, je le lui ai arraché des mains et je l'ai déchiré. Anna a blêmi et m'a demandé de la laisser seule.

Au matin, elle a été prise de convulsions et a perdu l'enfant qu'elle portait. C'était il y a un peu plus d'une semaine et, jusqu'à ces jours derniers, j'ai bien cru qu'elle allait me quitter. Ce matin, elle m'a dit : «Emmène-moi loin d'ici, je t'en prie.»

Je le lui ai promis. Mais je ne sais ni où, ni quand.

2 juin 1943

Anna se remet peu à peu. Elle est encore faible mais j'espère de tout mon cœur qu'elle est maintenant définitivement tirée d'affaire. Elle a énormément changé et beaucoup maigri, ce qui ne laisse de m'inquiéter car elle persiste dans son refus de s'alimenter. Je ne la reconnais plus. Elle reste la plupart du temps silencieuse et paraît profondément déprimée. Quand je lui demande ce qui ne va pas, elle se tait ou me regarde sans mot dire. Je n'ai pas le courage d'affronter ses yeux. Alors je m'en vais.

4 juin 1943

Aujourd'hui un convoi de trois mille individus est arrivé au camp. Évidemment, les opérations ne peuvent s'exécuter dans le calme et Anna a tout entendu. Ce soir, elle a à nouveau refusé de manger, de me parler. Elle demeure la plupart du temps assise à marmonner et à se balancer d'avant en arrière. J'ai peur qu'elle ne perde la tête.

Je m'en suis ouvert à Konrad qui m'a promis d'agir promptement pour nous évacuer. Il faut que je patiente encore un peu.

Pourquoi a-t-il fallu qu'elle soit là, ce maudit jour? Tout serait tellement plus simple aujourd'hui.

Le journal de Jacques Desroches s'interrompait sur ces mots. Sur le bas de la page, j'ai reconnu l'écriture de Mamouchka, et cette manière si particulière de former les lettres. Il était noté, sans aucun commentaire : *Jacques Desroches est parti se battre sur le front russe. Il y est mort le 3 juillet 1943.*

Arrêt sur lecture 3

Le récit fait par Jean Molla dans le journal de Jacques Desroches est en tous points conforme à la réalité. Les événements qu'il retranscrit sont exacts et on peut en trouver des échos dans les témoignages qui nous en restent : témoignages des rares survivants du camp ou dépositions des soldats SS devant leurs juges lors du procès de Hagen en 1966.

Le camp de Sobibor

Un camp d'extermination

Sobibor n'est pas un nom très connu. Quand on évoque les camps de la mort, on pense à Auschwitz, Birkenau, Ravensbrück ou encore Buchenwald. Et les témoignages les plus connus racontent ces camps de concentration : Primo Levi (*Si c'est un homme*) et Elie Wiesel (*La Nuit*) dévoilent leur expérience d'Auschwitz, Jorge Semprun (*Le Grand Voyage*) celle de Buchenwald, et plus récemment Geneviève de Gaulle-Anthonioz (*La Traversée de la nuit*) témoigne de sa déportation à Ravensbrück. Les camps de concentration étaient pour la plupart des camps de travail : on y traitait les prisonniers – essentiellement des Juifs, mais aussi des Tziganes, des opposants politiques ou des homosexuels – en esclaves jusqu'à ce qu'ils meurent à force de mauvais traitements, de privations et d'épuisement. On parle d'ailleurs à ce propos d'extermination par le travail. Auschwitz cependant présente une particularité : ce n'est pas seulement un camp de concentration. En 1941, la décision de la « solution finale » du « problème » juif est prise, et en janvier 1942, la conférence de Wannsee organise les outils de mise à mort des Juifs d'Europe : il s'agit de mettre en œuvre une extermination beaucoup plus rapide, dans les chambres à gaz. On parle alors de « camp d'extermination ».

On a par contre peu de traces de trois autres camps polonais : Belzec, Sobibor et Treblinka. En effet ce ne sont pas des camps de concentration mais uniquement des camps d'extermination, dans lesquels les Juifs déportés étaient voués à la chambre à gaz. Il y a donc peu de survivants pour témoigner de ce qu'ils furent. Seuls restaient en vie, pour une durée limitée, quelques déportés absolument nécessaires au bon fonctionnement du camp (pour la lessive, le travail dans les ateliers, le tri des affaires des victimes, le nettoyage des wagons, ou pour évacuer les cadavres des chambres à gaz et les amener aux fosses communes). Eda Lichtman, une survivante de Sobibor, en témoigne : « Sur les 7000 personnes parties de Hrubieszow, nous ne sommes que trois femmes à n'avoir pas été exécutées en arrivant à Sobibor. »

À l'intérieur du camp

Les arrivants sont si vite exterminés qu'il n'est pas prévu pour eux d'endroits d'habitation : il ne s'agit pas ici d'exterminer par le travail mais bien d'assassiner au plus vite pour faire disparaître la population juive de Pologne. L'opération s'est appelée « Opération Reinhard », du nom de Reinhard Heydrich, l'adjoint de Himmler, celui qui présidait la conférence de Wannsee et que les nazis ont voulu glorifier après son assassinat en donnant son nom à l'opération. Il s'agissait d'exterminer les Juifs du Gouvernement général, la partie intérieure de la Pologne occupée. À la fin de 1943, les trois camps de Belzec, Sobibor et Treblinka sont démantelés. 1,7 million de personnes, essentiellement des Juifs mais aussi des Tziganes et des malades mentaux, y ont été exécutées.

Le camp est divisé en trois zones . Au bord de la voie ferrée se trouve le quartier d'habitation, les bureaux et les habitations des gardes alle-

Deux versants de l'Histoire s'affrontent a travers ces photos de deux convois affrétés spécialement pour le compte du Reich : l'un partant de Paris avec à son bord de jeunes volontaires français, engagés dans la Waffen SS...

mands et ukrainiens y côtoient les baraquements réservés aux rares déportés maintenus en vie et chargés des corvées et des ateliers. Après le voyage en wagons de marchandises, l'arrivée au camp pouvait apparaître comme un soulagement :

« Au bout de trois jours et trois nuits, nous pensions être arrivés en Russie, tout le monde avait l'air si pauvre, et nous n'avions aucune idée de l'endroit où nous nous trouvions, puis nous sommes descendus et nous avons vu une grande pancarte, Sobibor, et quand nous y sommes entrés, tout avait l'air joli, des petites fenêtres et des fleurs et les maisons étaient peintes en vert et rouge, et ça avait l'air joli, puis ils ont ouvert les portes, les grandes portes pour que nous descendions... »

Témoignage de Selma (Wijnberg) Engel, 1990,
United States Holocaust Memorial Museum Collections.

… l'autre déporte des femmes juives vers un camp de concentration, barricadées dans des wagons à bestiaux.

Le camp 2 est une zone de réception qui se compose des entrepôts pour les biens volés aux victimes (vêtements, bijoux, bagages) et de la baraque où les déportés se déshabillent, enfin le camp 3, composé des structures d'extermination, chambres à gaz et fosses communes. Un sentier de cent cinquante mètres encadré de deux haies de barbelés, appelé le « tube » ou le « chemin du ciel », mène du camp 2 au camp 3.

Sobibor, les principales dates de l'histoire du camp

Mars 1942

Le terrain est choisi pour son aspect pratique (sur une voie de chemin de fer comme tous les autres camps) et discret (il est dissimulé dans une forêt de pins, dans une région peu peuplée, à l'écart du village de Sobibor), les travaux de construction commencent, ils seront terminés fin avril 1942. Le commandement du camp est donné au premier lieutenant SS Franz Stangl.

Mai-fin juillet 1942
Première période des déportations vers Sobibor. Les victimes sont essentiellement des Juifs de la région de Lublin, au sud-est de la Pologne, mais aussi des Juifs venant d'Allemagne, d'Autriche ou des zones tchèques occupées qui avaient été déplacés dans des ghettos polonais. Ils sont gazés ou fusillés à leur arrivée. Les trois chambres à gaz fonctionnent avec le gaz d'échappement d'un véhicule. On estime entre 90 000 et 100 000 le nombre de Juifs déportés à Sobibor au cours de ces trois mois.

19 juillet 1942
Himmler décide d'accélérer les opérations d'extermination et de supprimer avant la fin de l'année 1942 tous les Juifs du Gouvernement général (la zone occupée de la Pologne). Pour y parvenir des travaux sont nécessaires qui freinent les opérations de gazage pendant trois mois : les trois chambres à gaz sont détruites et remplacées par cinq nouvelles, plus grandes (on pouvait gazer 250 personnes à la fois , on peut désormais en gazer 1200). C'est à cette période que le commandant de Sobibor décide de brûler les cadavres dans des bûchers en plein air, il s'agit par là de supprimer toutes les traces du massacre.

8 octobre 1942-octobre 1943
Deuxième période des déportations vers Sobibor. Les Juifs viennent de Pologne mais aussi d'autres pays : entre mars et juillet 1943, plus de 34 000 Juifs internés à Westerborck aux Pays-Bas sont déportés à Sobibor, d'autres proviennent de Yougoslavie, de Grèce ou de France.

5 juillet 1943
Himmler ordonne d'utiliser Sobibor comme dépôt pour les munitions et les armes prises à l'ennemi sur le front russe. Un entrepôt est construit

par les déportés provenant d'URSS dont tout le convoi a été épargné dans ce but.

2 août 1943

Les déportés du camp de Treblinka se révoltent, ceux de Sobibor l'apprennent. Face à une mort certaine et proche, les déportés de Sobibor, menés par un prisonnier de guerre soviétique, Alexandre Pecherski, préparent une insurrection.

14 octobre 1943

Les prisonniers de Sobibor se révoltent et tuent plusieurs gardes allemands et ukrainiens. Le camp comptait 600 déportés chargés des corvées ; 300 d'entre eux réussissent à s'évader et atteignent la forêt mais une centaine d'entre eux seront repris et fusillés.

L'emplacement du camp d'extermination de Sobibor tel qu'il est aujourd'hui. Réfléchissez à cette volonté qu'ont eue les SS de supprimer toutes les preuves de la « solution finale ».

Novembre 1943

Immédiatement après l'insurrection, Himmler décide la destruction du camp. Pour qu'il ne reste aucune trace de l'extermination, les installations (entrepôts, chambres à gaz et ateliers) sont détruites ainsi que les villas des SS, le terrain est labouré et replanté d'arbres. En novembre 1943, il ne reste plus de traces du camp d'extermination de Sobibor.

Groupement de textes : Paroles de survivants

Certains déportés de Sobibor ont donc réussi à s'échapper du camp et ont pu témoigner après la fin de la guerre. Sur le site internet de l'United State Holocaust Memorial Museum, nous pouvons lire les témoignages de Tomasz Blatt, Esther Raab, et Selma Engel qui évoquent le camp d'extermination dans lequel ils ont été déportés.

La déportation vers Sobibor

« Le voyage vers Sobibor a duré trois jours et trois nuits. Quand ils arrêtaient le train parfois, dans chacun des wagons de marchandises, il y avait une petite fenêtre en haut, et tout le monde essayait d'y jeter un coup d'œil, alors, quand on avait la chance de pouvoir regarder, on voyait des gens, des gens là, et ils faisaient comme ça[1], et nous pensions que c'était juste des anti-Juifs, et ils savaient que nous ne les aimions pas, mais nous ne savions aucunement qu'ils nous diraient que nous allions vers notre mort. Et à chaque fois que le train s'arrêtait, les Allemands tiraient vers le haut du train, et les chiens nous encerclaient, et c'était une panique terrible, c'était terrifiant, et nous espérions, vous savez, nous les filles sommes très soudées, et nous nous aidions les unes les autres en nous remontant le moral. Au bout de trois jours et trois nuits, nous pensions être arrivés en Russie, tout le monde avait l'air si pauvre, et nous n'avions aucune idée de l'endroit où nous nous trouvions, puis nous

1. Elle fait le geste de se trancher la gorge.

sommes descendus et nous avons vu une grande pancarte, Sobibor [...] ils ont ouvert les portes, les grandes portes pour que nous descendions, ils ont commencé à hurler et à nous fouetter, et nous devions tous descendre, il y avait un petit chariot, un wagonnet qu'utilisent les mineurs, on peut l'ouvrir de façon à ce que les gens puissent sortir facilement, alors, tous ceux qui ne pouvaient pas marcher, ils les mettaient dedans, ainsi que les enfants séparés de leurs parents, ils devaient monter dans le wagonnet, et ce wagonnet allait directement vers la chambre à gaz. »

Selma (Wijnberg) Engel (témoignage de 1990).

L'arrivée des convois à Sobibor

« La plupart des convois arrivaient pendant la nuit, mais certains arrivaient pendant la journée. Quand on entendait le sifflet du commandant du camp, c'est qu'un convoi arrivait, et les hommes du camp devaient se tenir prêts à décharger les gens et ce sifflet, c'était comme si quelqu'un vous arrachait les tripes. On savait qu'il y avait là d'autres gens, des enfants, des vieux, des personnes âgées, des gens qui n'avaient jamais rien fait de mal dans leur vie, et qu'ils allaient, et on ne peut pas le dire, on ne peut pas résister, on ne peut pas, ça se construit de l'intérieur, cette vengeance, et ce ressentiment, et cette colère, et cette douleur, on sait qu'on a tout ça en soi, et quelquefois ils arrivaient dans la journée, et quelquefois si nombreux qu'ils ne pouvaient pas tous s'en occuper, alors on les mettait derrière les fils barbelés à l'intérieur desquels nous étions parqués, et ils leurs disaient de marcher de long en large, de large en long, et quand ils leur disaient qu'ils allaient travailler, ça sonnait vrai, et c'était dur, c'était dur. On marchait près d'eux, on regardait leurs visages, et on savait qu'une demi-heure plus tard, ils ne seraient plus là, on ne pouvait pas leur dire. On affichait juste un sourire, on offrait son meilleur visage. Ça faisait mal, c'était très, très dur. »

Esther Raab (témoignage de 1992).

Les passages dans les chambres à gaz du camp d'extermination de Sobibor

« Je suis sûr que quand ils sont entrés dans les chambres à gaz, ils n'y ont pas cru. Lorsque les premiers gaz ont été lâchés, ils n'ont probablement pas compris ce qui leur arrivait. Après avoir fini de leur couper les cheveux, on nous a dit de sortir et pendant que je rentrais dans le camp où se trouvaient nos baraquements, j'entendais déjà le moteur, le moteur à gaz qui fonctionnait avec un fort… Vous savez le moteur à gaz, un hurlement. Au début c'était fort, fort comme « Ahhh…. », très fort, ça couvrait même le bruit du moteur. Il y avait un moteur énorme là-dedans. Puis environ quinze minutes après, plus faible… faible jusqu'au calme. C'était ça, Sobibor. »

Tomasz (Toivi) Blatt (témoignage de 1990).

à vous…

1 – Retrouvez dans le journal de Jacques Desroches les différentes étapes de l'histoire du camp. À quel moment s'arrête-t-on ? Pour quelle raison ?

2 – Le choix du narrateur est ici particulièrement important, il vous fait entrer directement dans l'Histoire et vous révèle la monstruosité absolue de la solution finale décidée par Adolf Hitler et les SS. Relevez des expressions qui traduisent ce point de vue particulier.

3 – Comparez les deux récits de la mort d'Eva dans le livre, celui des premières pages du livre et celui fait par Jacques Desroches à la date du 30 mai 1943 (pages 133 à 138).

4 – Certaines pages du journal ont été arrachées. Retrouvez lesquelles et cherchez à établir ce qu'elles pouvaient contenir.

CHAPITRE 12

J'ai refermé le cahier. Mes mains tremblaient, mes dents claquaient. J'avais mal, j'avais honte. De quelle espèce était ce monstre qui avait pu tenir son journal, consignant ses états d'âme avec une minutie satisfaite, indifférent aux hommes, aux femmes, aux enfants qui descendaient des wagons et mouraient asphyxiés avant d'être jetés dans des fosses puis brûlés ? Et cela pour la seule et unique raison qu'ils étaient juifs.

Je me suis allongée et je me suis blottie sous les couvertures. Je grelottais. Trop de questions s'entrechoquaient dans ma tête, dans une sarabande vertigineuse. Mamouchka morte, j'ignorerais toujours ce qui s'était passé après Sobibor. Où étaient-ils allés ? Quel était le plan qu'avait essayé de tramer von Lebbe pour leur permettre de s'en tirer et pourquoi n'avait-il pas fonctionné ? Pourquoi Jacques Desroches avait-il abandonné ma grand-mère et comment était-il mort en Russie ? Pourquoi Mamouchka avait-elle été épargnée et dans quelles circonstances avait-elle échoué dans cette ferme où travaillait mon grand-père ? Enfin comment avait-elle pu l'aimer si vite après ?

Ce carnet était comme une braise que j'aurais saisie à

pleine main. J'en savais plus que quiconque, à présent. Que faire de ce secret ? En parler à mes parents ? Je les aurais blessés. À mon grand-père ? C'était inimaginable. J'avais appris qu'Anna, son Anna, avait attendu un enfant d'un autre qu'elle avait aimé plus que tout, au point de lui pardonner l'impardonnable !

Il restait encore pour moi un mystère insondable. Comment ma grand-mère avait-elle pu vivre pendant et après cela ? Les êtres humains peuvent-ils à ce point fermer leurs yeux et tirer un trait sur le passé ? Ne leur pèse-t-il pas davantage sur les épaules ? Comment acceptent-ils de vivre avec leurs remords ? Mamouchka n'avait certes tué personne, elle s'était insurgée contre le crime qu'avait commis son compagnon d'alors. Mais avant ? Elle avait accepté de vivre dans un camp où l'on exterminait des êtres humains, et cela malgré son éducation, sa foi, complice de ces atrocités.

Elle-même, si ce Jacques ne l'avait pas aimée, sans doute l'aurait-on froidement éliminée, comme la plupart des témoins des crimes commis par les nazis. La vie d'une petite Polonaise ne valait pas non plus bien cher, à cette époque…

Était-ce là le secret de cet amour pour Jacques ? Une fascination morbide, une reconnaissance inconsciente, forcenée, parce qu'elle lui devait la vie, au point de tout accepter ? Était-ce pour cela qu'elle avait gardé avec elle ce cahier qui aurait pu lui causer les pires ennuis s'il avait été découvert ? Petit à petit, une image de ma grand-mère que jamais auparavant je n'aurais pu imaginer m'est apparue. S'était-elle tournée par la suite vers mon grand-père parce qu'elle avait vu en lui le seul moyen de se sortir de cet enfer ? L'avait-elle aimé vraiment ? Ma grand-mère n'avait-elle été qu'une médiocre intrigante[1], passant d'un homme à un autre au gré de son intérêt ? Mais alors, pourquoi avoir risqué cent fois sa vie pour retrouver mon grand-père, plutôt que d'aller se réfugier en Pologne ? Sa famille aurait sûrement cherché à la protéger.

Qu'en était-il, d'ailleurs, de sa famille ? Depuis la fin de la guerre, pas une fois elle n'avait cherché à la contacter. C'était de l'histoire ancienne, disait-elle. Son père et sa mère étaient morts au cours d'un bombardement. Rien ni personne ne la rattachait à son pays natal.

Je me rends compte, aujourd'hui, que je m'épuisais à chercher des explications. Je tentais de la comprendre, de justifier ses actes mais je savais bien, au fond de moi, que tout cela n'excusait rien.

Rien. Même si cela paraît impensable, Mamouchka avait pu vivre heureuse à Sobibor, du moins au début. Elle avait pu évacuer de ses pensées, de sa mémoire, ceux qui mouraient autour d'elle et côtoyer d'infâmes salauds. J'aurais mille fois préféré me tuer plutôt que de m'associer à une œuvre aussi monstrueuse. Mais ces gens comprenaient-ils leur monstruosité ? J'en doute. Ils se comportaient comme les employés d'une entreprise chargée de détruire la vermine. Ils avaient une tâche à accomplir, ils l'accomplissaient, sans états d'âme. L'important était que le travail soit bien fait. Ils étaient efficaces, professionnels.

Impeccables.

Je me suis assise et j'ai repris le cahier. Il me faisait horreur et me fascinait tout à la fois. Je savais que je ne pourrais m'empêcher de le relire encore et encore afin d'y chercher je ne sais quoi. J'étais comme anesthésiée.

1. Intrigante : qui a recours aux liaisons amoureuses pour arriver à son but.

Mamouchka…

Dire qu'après les années qui avaient suivi la guerre, elle avait pu aimer, avoir des enfants, les chérir, puis voir grandir ses petits-enfants et les chérir à leur tour, sans que rien ne se sache, rien ne transparaisse ! On pouvait donc dissimuler à ce point ? Et si ma grand-mère avait pu le faire, combien d'autres tout comme elle ? Bien sûr, de temps en temps, à l'issue d'un procès retentissant, un notable[1] outragé finissait par payer le prix de sa collaboration, de sa complicité, active ou passive. Mais les autres, les innombrables rouages de la machine de mort, qu'étaient-ils devenus ? Coulaient-ils des jours heureux, entourés de leurs proches, respectés ? Oubliés. Tous ces Stangl, Wagner, Wirth, von Lebbe, qu'étaient-ils devenus ? Morts ou miraculeusement rescapés ? Reconvertis ? Aimés, appréciés de leur femme, de leurs enfants, de leurs amis ? Et combien avec eux de secrets bien cachés, de cadavres dissimulés, de preuves escamotées ?

J'ai repris le cahier, lisant au hasard les phrases qui tombaient sous mes yeux. L'ongle de mon pouce allait et venait sur le bord de la couverture. Machinalement, je l'ai enfoncé entre celle-ci et le carton qu'on avait utilisé pour la renforcer. La colle était vieille, très sèche, elle a cédé. J'aurais pu ne pas y prêter attention mais, je ne sais pourquoi, j'ai cherché à agrandir la fente. Bientôt, j'ai pu y introduire l'index tout entier. Il a rencontré un obstacle dentelé, un peu coupant.

J'ai achevé de décoller la couverture. À l'intérieur, il y avait la photo d'une belle jeune femme. Je m'attendais à reconnaître Mamouchka mais j'ai découvert le visage

1. Un notable : personne importante de par sa position sociale.

d'une autre qui lui ressemblait vaguement. Elle était blonde, avec un visage triangulaire et de magnifiques yeux sombres plissés par un sourire. L'inconnue regardait celui qui tenait l'appareil avec un regard débordant de complicité. J'ai retourné le cliché et j'ai lu, de la main de Mamouchka : *Eva Hirschbaum, réfugiée à Amsterdam, maman de Simon. Décédée à Sobibor le 21 mai 1943.*

Le temps s'est arrêté. Je regarde la photo de cette femme. Je connais son destin. Je ne sais rien de sa vie, rien que cet épisode épouvantable où son existence et celle de son fils se sont interrompues. Je suis celui qu'elle regarde et je pleure.

Je ne sais pas combien de temps je suis restée ainsi, à laisser mes larmes couler. Jusqu'à ce que me vienne l'idée d'aller inspecter la seconde page de couverture. J'ai inséré mon ongle entre les deux feuilles qui se sont à leur tour décollées avec de minuscules crépitements. J'ai retenu ma respiration tandis que mon doigt forçait l'étroite ouverture. J'ai tâtonné un court instant avant d'effleurer le bord d'une seconde photo, que j'ai extraite de sa cachette.

Je l'ai immédiatement reconnu. C'était lui, Jacques Desroches ! Jeune, beau, blond, sanglé dans un uniforme noir qui souligne la largeur de ses épaules et la minceur de sa taille. Deux profondes rides de chaque côté de la bouche lui confèrent un air ascétique[1], impitoyable. Au col, les deux «*S*» stylisés.

Rien qu'un bourreau.

J'ai eu envie de hurler. Je sentais que j'allais perdre la tête. J'ai trouvé la force de me lever et de fourrer le cahier dans mon bureau, sous une pile de cours. Là où personne

1. Ascétique : sévère.

n'aurait l'idée de fouiner. Ensuite, je suis allée à la salle de bains, j'ai ouvert l'armoire à pharmacie et j'ai attrapé une boîte de somnifères que je savais y être cachée. Je suis retournée me coucher et j'ai tout avalé.

CHAPITRE 13

Je me suis réveillée en réa[1]. Au matin, quand mes parents m'ont trouvée, je respirais à peine. Mon père m'a dispensé les premiers soins tandis que maman appelait les pompiers. Ils m'ont transportée aux urgences. On m'a lavé l'estomac, intubée, nourrie de force, contrainte à vivre. J'étais si maigre et si affaiblie qu'on m'a placée sous perfusion. Et dès que j'ai été en mesure de parler on m'a commis la psy de service…

Elle en a été pour ses frais, la pauvre, toute pimpante dans sa blouse blanche fraîchement repassée. Elle arrivait, avec un air de profonde préoccupation sur le visage, et s'asseyait au pied de mon lit. Elle tentait de me faire parler, ménageant de longs silences, lourds de signification, censés sans doute me conduire en douceur aux confidences. Je n'avais rien à dire. Je ne la regardais pas, je contemplais ses pieds. Je m'amusais de son impassibilité[2] de façade. Ils me parlaient tellement ses pauvres pieds, se croisant, se décroisant si je faisais mine de m'exprimer, suivant le rythme de ses pensées, de ses calculs, de ses supputations.

1. Réa : service de réanimation d'un hôpital.
2. Impassibilité : indifférence.

Au bout de deux jours, elle m'a demandé pourquoi je souriais tout le temps. J'ai dit :

– Je pense à vos pieds.

Elle m'a regardée comme si je perdais la tête et m'a incitée à poursuivre. J'ai haussé les épaules et je me suis renfoncée sous mes draps. Elle a fini par laisser tomber.

Dès que j'ai retrouvé suffisamment de force pour me lever, je suis allée passer cinq mois au service psychiatrique de l'hôpital de Poitiers. C'est moi qui avais demandé à m'éloigner de ma famille. Je garde très peu de souvenirs du premier mois. Je dormais beaucoup. Je ne faisais rien. Je ne côtoyais pas les autres pensionnaires. J'étais ailleurs.

Les jours ont passé. Petit à petit, ma vie s'est organisée. J'avais rendez-vous chaque matin avec un psychiatre pour la thérapie que j'avais entreprise de bonne grâce. Je disais oui à tout. L'après-midi était réservé aux séances de groupe et aux activités artistiques.

On m'avait fait passer *un contrat de poids* avec l'équipe soignante ; je m'étais engagée à réapprendre à manger. Je pesais 35 kg pour 1,65 m et ne pouvais en aucun cas descendre en dessous de ce seuil. Le psy m'avait longuement expliqué dans quel état je me trouvais. J'étais gravement carencée. Ma dénutrition m'avait conduite à manquer des éléments nécessaires à ma survie. Mon taux de potassium était dramatiquement bas et je risquais d'avoir des problèmes cardiaques. J'ai dû me bourrer de pilules et de gélules pour me remettre en état. Mon amaigrissement avait en outre provoqué l'atrophie de certains muscles, y compris de muscles internes qui permettent le bon fonctionnement de l'estomac et des intestins. Il fallait que j'en sois consciente afin de comprendre et d'accepter les difficultés que je rencontrerais quand je me remettrais à m'alimenter. C'était bizarre d'entendre parler de ces organes que je devrais apprivoiser, moi qui avais voulu me passer d'eux pendant si longtemps. On m'a proposé de préparer mes repas avec l'équipe soignante, afin de me responsabiliser. J'ai accepté. J'ai joué le jeu. Je déjeunais, dînais avec eux, chaque jour.

Je les trouvais gentils, attentionnés. Ils me parlaient *de confiance à acquérir, de chemin à parcourir, de respect de soi, de mon corps que je devais savoir « habiter », d'acceptation, de passage difficile à l'âge adulte. De deuil.* J'acquiesçais. J'étais sensible à leurs paroles creuses parce que je les savais sincères.

Je me soumettais de bonne grâce au rituel de la pesée. J'entrais dans une vaste salle aux murs recouverts de larges panneaux de liège surchargés de feuilles punaisées. Au centre, trônait la balance, juge suprême, infaillible et muet. Je m'avançais avec recueillement, je montais en prenant bien garde de ne pas bouger et j'attendais le verdict. Je suivais la course lente de l'aiguille qui venait s'immobiliser sur le chiffre espéré et je le lisais à voix haute. J'avais droit alors aux félicitations de l'infirmier qui notait avec une ferveur de copiste mon poids sur un tableau tracé sur du papier millimétré. Il y arrondissait soigneusement un point de couleur qu'il reliait à l'aide d'une règle au point précédemment tracé, puis il s'extasiait sur la ligne obtenue. Mon salut était lié à cette courbe qui de semaine en semaine s'étirait vers le haut.

J'ai repris du poids : trois cents, quatre cents grammes par semaine. Au bout de deux mois, mes parents ont été autorisés à me rendre visite. J'étais heureuse et indifférente à la fois. On m'a aussi permis de recevoir du courrier. Julien m'a écrit, je ne lui ai pas répondu. J'avais la tête vide. Je ne souhaitais penser à rien. Je ne vomissais plus.

Avec le poids, mes forces sont revenues progressivement. Et avec elles le souvenir.

CHAPITRE 12

Est-ce qu'on peut savoir ce qu'on ignore ? Ça peut sembler idiot d'écrire cela, et pourtant... Je crois que j'ai toujours su ce qui était tu. Mais comment ? Par quel mystère ? Tout avait été si bien occulté. Avec tant d'art, tant de machiavélisme.

Je ne racontais au psychiatre que ce que je voulais bien lui dire. C'était un grand type sympa, lunetté d'écaille, au visage serein, aux longs cheveux gris. Il me recevait dans son bureau meublé avec goût : des meubles bien dessinés, des boiseries, ces inévitables gravures que tout un chacun se croit obligé d'accrocher à ses murs pour montrer qu'il sait quelque chose, une bibliothèque bourrée à craquer de livres aux titres ésotériques[1], qui devaient en imposer à ceux qui venaient s'asseoir ou s'allonger ici.

Je m'installais dans le fauteuil moelleux, je m'absorbais dans la contemplation des plantes grasses et je me racontais. Je me cantonnais bien sûr à mes relations avec mes parents, avec Julien. J'exposais mes difficultés à m'exprimer, à m'alimenter ; je décrivais mes vomissements, mes

1. Ésotériques : compliqués à comprendre.

rêves. Je me contentais de lui servir ce qu'il avait l'habitude d'entendre. J'utilisais les propos des infirmiers pour construire une image cohérente de mon anorexie. Je parlais comme eux, avec leurs mots : *j'étais en souffrance, je devais faire mon deuil.*

J'avais plus de réticences à évoquer ma grand-mère, ma tentative de suicide. Il sentait bien qu'il y avait là un pôle de résistance, quelque chose de grave qu'il me faudrait affronter un jour ou l'autre. Là, au moins, il ne se trompait pas.

Mais je ne pouvais pas lui dire la vérité. Pas encore. Toute seule, de mon côté, j'avais entrepris de chercher, de comprendre. Il me semblait maintenant percevoir des failles dans l'édifice construit depuis tant d'années, sans évidemment avoir l'assurance que mes intuitions étaient justes.

Je m'appelle Emma. Jamais je ne m'étais demandé pourquoi je me prénommais ainsi. C'était comme ça. Pourquoi chercher une raison, d'ailleurs? J'ai profité d'une visite de mes parents pour leur demander le motif d'un tel choix. Les yeux de ma mère se sont embués de larmes. Elle m'a raconté que c'était une idée de Mamouchka, qui adorait ce prénom. Mes parents l'avaient trouvé si charmant qu'on me l'avait attribué à l'unanimité, à la grande joie de ma grand-mère.

Emma. Eva. La similitude de mon prénom avec celui de la jeune femme assassinée en présence de Mamouchka m'avait frappé, quand je l'avais lu. Il m'obsédait depuis lors. Ma grand-mère avait-elle tenu à ce que je m'appelle ainsi en souvenir d'Eva qu'elle avait vue mourir sous ses yeux? C'était m'impliquer malgré moi dans une histoire qui ne me concernait pas. C'était faire porter un poids bien lourd sur mes épaules. J'avais du mal à l'admettre.

Tout cela était pourtant si mince. Peut-être allais-je trop loin dans l'interprétation. Peut-être voulais-je reconnaître des signes à tout prix. Des signes d'expiation[1], de repentir.

Plus sûrement, m'est revenue une nuit une conversation avec ma grand-mère. Conversation que nous avions eue quand j'avais douze ou treize ans et que j'avais oubliée.

Ce jour-là, j'avais voulu, comme tant de petites filles, savoir comment mes grands-parents s'étaient rencontrés et aimés. Leur existence me semblait tellement romantique, si éloignée de celle de mes parents qui avaient fait connaissance très banalement, un premier de l'an, chez des amis.

Ma grand-mère avait rosi. Elle redevenait la jeune fille qu'elle avait été et s'était laissée aller à dépeindre un portrait merveilleux de mon grand-père, de la façon dont il l'avait charmée, dès le premier jour, par sa beauté, sa prestance.

– Sans la force, sans l'amour qui l'habitait, m'avait-elle avoué, je n'aurais pas survécu à ces années de guerre.

J'avais demandé :

– C'est quand même drôle de penser que pendant que des milliers de gens mouraient un peu partout, dans des conditions atroces, vous, vous étiez les amoureux les plus heureux du monde. Vous vous en êtes rendu compte parfois ?

Mamouchka s'était interrompue. Les traits de son visage s'étaient figés. Elle avait changé de conversation. J'avais fait semblant de ne m'apercevoir de rien mais j'étais bouleversée. Je m'en étais beaucoup voulu d'avoir peiné Mamouchka.

C'est dans le courant de mon troisième mois à l'hôpital que j'ai enfin compris quelque chose qui m'avait échappé jusqu'alors. J'avais attribué aux paroles de Julien l'origine

1. Expiation : réparation d'une faute.

de mon second régime, celui qui, à la différence du premier, avait eu tant de répercussions sur ma santé et m'avait progressivement entraîné dans cette épouvantable alternance de boulimie et de vomissements.

Il me venait maintenant à l'esprit que ce choix avait été exactement contemporain du rêve de Mamouchka, cette nuit où j'avais pressenti qu'il y avait eu dans sa vie des zones d'ombres auxquelles elle ne souhaitait pas que je m'intéresse. Cette nuit où j'avais compris qu'elle me mentait. Le lendemain matin, en rentrant à la maison, j'avais découvert ce qui se cachait derrière le nom de Sobibor. C'était si monstrueux que je m'étais interdit d'y penser davantage. J'avais d'ailleurs renoncé à interroger Mamouchka, elle était si malade… J'avais dû me tromper, mal entendre, déformer ses paroles.

C'est dans les mois qui ont suivi que j'ai doucement perdu pied, sans m'en rendre compte. Je croyais faire un régime alors que je perdais l'appétit. Mes jours étaient pourtant tellement beaux. J'aimais Julien si fort, je devenais si mince, si jolie que je ne prêtais guère attention à ce sournois dérapage.

Enfin, Mamouchka est morte et avec elle a disparu toute possibilité de connaître la vérité un jour.

Enfin, Mamouchka est morte et j'ai appris à vomir.

J'ai lu que les adolescentes anorexiques refusent de grandir, qu'elles se complaisent dans un état infantile, qu'elles renient la femme en elles. J'ai lu qu'elles vivent leur état comme une ascèse[1], un désir passionné de pureté. J'ai lu qu'elles se veulent immaculées, résistantes, parfaites.

J'ai lu beaucoup de choses. Elles me semblent parcel-

1. Ascèse : discipline que la volonté s'impose pour tendre vers un idéal de perfection.

laires. Il faudrait laisser à chaque anorexique le soin de raconter son parcours. Tous sont dissemblables.

Le mien est une histoire de squelette remisé au placard, comme il y en a dans tant de familles. Il se trouve qu'un vilain jour le placard s'est entrouvert. Pas suffisamment pour que j'en voie le contenu, suffisamment cependant pour que j'y entrevoie une silhouette malingre, la silhouette d'une jeune femme amaigrie par les souffrances et les privations. Une jeune femme qu'on a fait voyager dans un wagon dans des conditions indignes d'un être humain. Qui a vu son mari s'éteindre sous ses yeux. Qui a dû rester à côté du cadavre jusqu'à ce que l'on s'en débarrasse comme d'une charogne. Une femme qui a vu mourir son petit garçon devant elle. Une femme que l'on a privée de tout espoir, de toute dignité, de toute espérance. Et tant d'autres comme elle.

Cela, bien sûr, je ne l'ai pas su d'emblée. Mais j'en savais suffisamment pour que mon corps se rebelle, qu'il se mette au diapason de cette douleur, même lointaine, même soigneusement effacée.

Dès lors que j'ai compris, même confusément, que ma grand-mère tant respectée me mentait, le monde a perdu sa transparence. Je me suis heurtée à l'opacité des êtres. Ma vision a trouvé ses limites. Mes yeux ne pouvaient plus voir, alors mon corps inventait à leur place. Il ménageait au centre de moi un vide dans lequel loger ce que l'on avait su si bien évacuer.

Sobibor.

Mais j'en ignorais tout, jusqu'à la découverte fortuite[1] du cahier.

1. Fortuite : qui se fait par hasard.

Un jour, pendant la séance de thérapie de groupe, une jeune femme, qui était dans le service depuis très longtemps, a dit ces simples mots pour commencer son récit, ces mots qui étaient les miens :

– Je crois que j'ai toujours su ce qu'on me cachait...

Je n'ai rien entendu de ce qu'elle a ajouté. Ma tête s'est mise à tourner. Allais-je devenir comme elle ? Allais-je glisser lentement vers la folie sans être capable d'affronter le passé ? J'ai observé autour de moi mes compagnons d'infortune qui écoutaient la jeune femme et j'ai compris qu'il fallait que je sorte très vite de l'hôpital.

J'en ai fait la demande au médecin responsable. Mes parents étaient impatients de me voir revenir à la maison, ils ont fait pression en ce sens. J'ai reçu un avis positif. Ma sortie était cependant soumise à deux conditions : une prise de poids suffisante et son maintien à un niveau raisonnable. J'ai entrepris un nouveau combat, à rebours, celui-là. J'ai lutté de toutes mes forces contre moi-même et j'ai commencé à grossir, en dépit de ces vomissements incoercibles[1] que je parvenais à dissimuler.

Deux mois ont passé.

C'est à cette époque que j'ai pris l'habitude de me raconter les dernières années d'Eva. J'inventais son existence, faute de la connaître. Je la voulais belle et heureuse. Je m'accrochais au souvenir de cette photo, bien cachée dans ma chambre. Je ne l'avais vue que l'espace d'un soir, mais elle était restée imprimée de façon indélébile dans ma mémoire, tant Eva y rayonnait de bonheur, de chaleur et de vie. Mais toujours je venais me heurter à cette fin épouvan-

1. Incoercibles : impossibles à arrêter.

table qui me faisait haïr, avec un peu plus de violence chaque fois, ses bourreaux.

Au bout des deux mois, j'ai eu l'idée toute bête de boire et de me retenir d'uriner, avant la pesée du matin. Je me forçais à avaler un litre d'eau. Un litre que je parvenais à conserver dans mon estomac avant d'aller le rendre en catastrophe dès que mon poids avait été noté. C'était peut-être idiot mais ça a marché. Une semaine plus tard, je retournais à la maison.

Les jours ont passé. Tout doucement, très discrètement, j'ai recommencé à vomir, à maigrir, à m'étioler.

J'avais pris une décision qui m'angoissait.

Peut-être était-ce pour cela que j'avais volé dans ce grand magasin. Je regrettais que ma mère n'ait rien compris quand elle m'avait demandé la raison de mon acte.

Je l'ai fait pour qu'on m'arrête.

Je ne pouvais pas être plus claire.

CHAPITRE 15

La secrétaire du directeur m'a reconnue quand je suis entrée dans son bureau. Quand on m'a vue une fois, on ne m'oublie pas. J'en ai pris l'habitude. Dans la rue, on se retourne sur moi comme sur une très jolie fille, mais pas pour les mêmes raisons. J'ai plutôt l'impression d'être une sorte de phénomène de foire. Il ne manque que le podium et le type qui baratine les foules : *Venez voir la femme la plus maigre du monde… Frissons garantis !*

Je sais que je fascine, que je dégoûte. Je suis un repoussoir, celle à qui on voudrait ne pas ressembler. En se comparant à moi, la fille la plus banale se découvre belle, attirante. Comestible.

Bien sûr que ma maigreur fait peur ! Ce n'est pas une maigreur élégante. Une maigreur de papier glacé, une maigreur abondante, une maigreur désirable. La mienne est obscène, cauchemardesque. Menaçante au fond. Elle évoque, pêle-mêle, les squelettes de peintures médiévales, les malades à l'agonie, les silhouettes faméliques d'un peu partout, celles des rescapés de tous les camps de la terre, celles de tous ceux qu'on essaie d'oublier.

Je suis malgré tout une femme, rognée de partout, aux

angles vifs, blessants. Vous me regardez en coin, puis vous portez vos yeux ailleurs, mal à l'aise. Je sais qu'en ne mangeant plus, qu'en maigrissant à l'extrême, je me suis bannie de la communauté des hommes. Je me suis moi-même infligé le pire supplice que l'on puisse infliger à l'un de ses semblables…

La faim.

Je sais enfin que je suis entre parenthèses. Moi, j'ai au moins cette chance. Je suis comme je suis parce que je suis en *instance de*[1] *vie*. Une anorexique n'est pas *en marge*. Elle s'est faite aussi mince que le trait qui sépare la marge de l'espace où l'on écrit. Un jour ou l'autre, si tout va bien, elle revient sur la page. C'est ce que je m'efforce de faire.

– Pourrais-je parler au directeur, s'il vous plaît ?

Je perçois le trouble dans le regard de la secrétaire.

– C'est à quel sujet ?

– Au sujet d'hier…

La mignonne mordille son stylo. Elle doit savoir que son patron n'a pas porté plainte, que je suis la fille du docteur Lachenal, bien connu dans la ville. Comme je ne bouge pas d'un pouce, elle décroche le téléphone et appuie sur une touche.

– Monsieur Prade, excusez-moi de vous déranger, mais il y a une jeune fille qui voudrait vous voir… Celle d'hier, vous savez, le petit incident… Oui, bien sûr, monsieur, je la fais entrer.

Cerbère[2] est dompté. Elle me sourit et me fait signe d'aller jusqu'à la porte sur laquelle est inscrit en lettres dorées : *Direction*. Je frappe et j'entre. Le petit jeune homme est

1. En instance de : en attente de.
2. Cerbère : monstre mythologique gardien des Enfers, il s'agit ici de la secrétaire du directeur du centre commercial qui interdit d'entrer dans le bureau de son patron.

installé derrière son bureau. Il se lève et se dirige vers moi, la main tendue.

– Bonjour, Emma. Comment allez-vous?

Tiens, il ne me tutoie plus… Je bredouille un «ça va», à moitié inaudible. Il m'indique le fauteuil dans lequel je me suis assise hier et retourne à sa place. J'aime sa façon de prononcer mon prénom, en s'attardant imperceptiblement sur les deux m, comme pour ne pas le laisser s'échapper trop vite de sa bouche. Il se cale confortablement et me regarde bien droit dans les yeux, avec un air très franc, très rassurant. Il ne me presse pas, il attend que je parle.

Je ne sais pas très bien pourquoi je suis revenue ici. Hier, j'ai été touchée par son attitude. Par ses mots : *Ce n'est pas ma fonction qui me dicte ce que je dois faire.*

J'étais partie me promener sans destination précise, comme je le faisais si souvent avant. Je me suis retrouvée devant le supermarché et j'ai décidé sur un coup de tête d'aller le rencontrer.

M. Prade me dévisage. Je le détaille en retour. Il a de minuscules rides au coin des paupières et une bouche très expressive. Ça sort malgré moi :

– Vous me trouvez laide?

Il éclate de rire. Un rire joyeux, un rire d'enfant. Quel âge peut-il bien avoir? Vingt-huit, trente ans. Pas davantage, j'en suis certaine.

– Non, mais je vous trouve effroyablement maigre. Vous essayez de me séduire?

Je me sens très bête soudain. C'était la dernière idée que j'avais en tête, *le séduire.* Pourtant, il est vraiment attirant, avec ses yeux bruns brillants et son sourire en coin. Pour moi, la séduction, c'est de l'histoire ancienne. Je me fais l'effet d'une petite vieille, parfois, comme si ma vie était derrière moi, comme si je n'avais plus rien à attendre d'elle. Qu'il imagine que je désire le séduire, même par jeu, me fait prendre conscience qu'il voit en moi une femme.

Il m'examine toujours aussi attentivement. Sans curiosité. Sans dégoût. Comme s'il essayait de comprendre quelque chose, comme si j'étais *quelqu'un*. Pas un cas.

– Pour être franc, je ne vous trouve absolument pas laide. Au contraire, je pense que vous avez un beau visage, extrêmement émouvant et qu'avec quelques kilos en plus, vous seriez une très jolie fille. Hier…

Il s'interrompt, l'air gêné.

– Hier, je me suis demandé la raison de votre état.

Le directeur attend que je prenne la parole mais je ne peux rien faire d'autre que mordre mes lèvres. Il enchaîne :

– J'ai pensé que vous étiez malade, ou encore une jeune fille démunie, une…

Il cherche ses mots, il a peur de me blesser. Je poursuis à sa place :

– Une épave du quart-monde[1] venue échouer dans votre joli magasin, une droguée. Et tant qu'on y est, pourquoi pas une pauvre fille violée, battue, échappée du réduit où sa famille la maintenait enfermée depuis des années…

Je m'en veux aussitôt d'avoir dit cela. Je suis stupide de lui parler avec agressivité alors qu'il prend le temps de me recevoir, de m'écouter. Il secoue lentement la tête et répond :

– Vous savez, Emma, ça existe vraiment. J'ai déjà eu à affronter des problèmes de ce genre. Je ne théorise hélas pas. Mon métier, c'est d'organiser la vente de nourriture et d'objets, pour des gens de toutes les conditions, de tous les

1. Quart-monde : population la plus pauvre des pays développés.

milieux, qui viennent ici parce qu'il faut bien manger, s'habiller, et j'en passe. J'exerce cette fonction sincèrement, du mieux que je peux, en prenant souvent mes distances avec ma hiérarchie. Il y a parfois des ratés.

Je reprends :

– *Des ratés...*

– Excusez-moi, le mot est malheureux mais vous comprenez très bien ce que je veux dire. Quand vous êtes entrée dans mon bureau, j'ai cru que vous étiez comme la plupart de ceux qui y viennent, des gens à la dérive, qui n'ont pas la vie facile. Pas des filles de médecin !

Je hausse les épaules. Comme si ça avait quelque chose à voir... En tout cas, je ne me sens pas fière. Je marmonne :

– Je voulais vous demander de m'excuser pour hier et aussi vous remercier de ne pas avoir porté...

M. Prade m'interrompt brusquement :

– Épargnez-moi ces paroles de contrition[1], Emma ! Pourquoi en êtes-vous arrivée là ? Qu'est-ce qu'on vous a fait, à la fin ?

Comment lui répondre ? J'ai très froid soudain. Un tic brutal contracte ma paupière gauche. Je croise les bras et je les serre de toutes mes forces. Mes muscles, mon ventre sont douloureux. Je ne peux pas lui dire ce que je sais, je n'en suis pas capable ! Je m'accroche à ses yeux comme si je me noyais. J'ai tellement peur de moi.

– Écoute, Emma, tu veux vraiment te foutre en l'air ? Tu veux finir par y laisser ta peau ?

Le tutoiement, la rudesse des mots me font du bien. Mon père, ma mère n'osent jamais m'affronter, me reprocher quoi que ce soit. Mon père m'évite et se referme sur lui-

1. Contrition : remords.

même. Ma mère se dérobe et discute d'autre chose. Chacun a trouvé sa manière d'éviter le conflit. Lui au moins me dit que je suis trop maigre, que je pourrais être belle, que je risque de mourir si je continue comme ça.

– Si…

– Parle !

– Si vous saviez quelque chose de grave, quelque chose de tellement grave que toute votre famille en serait éclaboussée, salie… Si vous étiez au courant d'un secret bien gardé pendant des années, un secret épouvantable… qu'est-ce que vous feriez ?

Il se fige, interloqué :

– Parce que tu connais un secret pareil ?

Je fais oui de la tête. Je lis dans ses yeux les interrogations, le doute. Il doit se demander si je suis une pauvre fille qui délire ou une malheureuse qui a posé le doigt là où il ne fallait pas.

– C'est si grave que ça ?

J'acquiesce à nouveau. Il hésite.

– C'est toi qui en es la victime ?

– Pas directement, mais c'est pire. Ça me ronge de l'intérieur.

Il a l'air à la fois soulagé et inquiet.

– Ce secret, tu veux le confier à quelqu'un ? Tu veux me le dire ? C'est pour ça que tu es venue ?

– Je ne sais pas. Je ne crois pas. Pas encore.

– Alors que veux-tu ?

– Un conseil.

Il se tait, traits tendus, mâchoires serrées. Un long, très long silence…

– Tu veux savoir ce que je ferais dans ton cas ?

– Oui.

Il prend encore le temps de réfléchir puis soupire profondément.

– Il faudrait que je sache… Ce secret concerne, je ne sais pas… – Il hésite sur les mots. – Un crime ? Une complicité de crime ?

– Les deux…

De stupeur il en bégaie :

– Qui… qui a… ? Pardonne-moi, Emma… Je pense que ce que tu sais est trop lourd à porter et nous dépasse l'un comme l'autre. Si ce qui te mine est grave à ce point, c'est à un juge qu'il faut le dire. Mon conseil est simple : je vais te donner le nom d'un magistrat que je connais. Va le voir et raconte-lui ce que tu sais. C'est la seule solution. Je ne pense pas qu'il y en ait d'autre.

Il se penche et tend les mains jusqu'à pouvoir effleurer les miennes, cramponnées sur le rebord du bureau. Il les touche maintenant, les desserre, les déplie délicatement comme deux fleurs froissées. Je les lui abandonne et je sens sa chaleur, sa force.

– Vas-y, Emma. Trouve le courage d'y aller, je t'en prie. Tu mérites mieux que ce que tu as fait de toi !

CHAPITRE 16

Je suis descendue vers les remparts. Il faisait un temps doux de printemps, clair et lumineux. Quand je suis arrivée devant la maison de mes grands-parents, les volets étaient fermés. Ma mère m'avait appris que depuis deux mois mon grand-père était retourné habiter chez lui, après un bref séjour chez l'un de mes oncles. Je ne l'avais pas revu depuis mon retour du centre.

J'ai sonné. Il est venu m'ouvrir, pâle, flottant dans ses vêtements de deuil. Il n'avait plus rien de commun avec celui d'autrefois. Dans ses yeux éteints, plus rien de la flamme qui les habitait. Rien que le désarroi, la solitude. Un masque de vieil homme que les épreuves avaient anéanti.

Il m'a embrassée, apparemment ému de me revoir et il m'a dit s'être beaucoup inquiété à mon sujet. Grand-père m'a emmenée au salon et nous nous sommes assis. Un jour maigre filtrait à travers les volets. Une lampe, posée sur un guéridon, bataillait difficilement avec les ombres. Il était en train d'écouter de la musique quand j'avais sonné. J'ai reconnu le dernier mouvement de *L'Offrande musicale,* que ma grand-mère adorait.

À ce moment, la flûte a repris le thème, frêle et menue, presque incongrue après la majesté des cordes. Et puis d'un coup, sont arrivées les contrebasses, comme d'immenses voix, graves et douloureuses, venues de très loin. Je sentais sur ma peau la vibration des instruments et, au fond de moi, quelque chose de ténu et d'immense à la fois. Nous sommes restés muets, comme si nous hésitions à rompre par des paroles les variations de Bach. Mon grand-père semblait attendre que je prenne la parole la première. J'ai prétexté le besoin d'aller aux toilettes. Je m'y suis enfermée et je me suis déshabillée. Entièrement. Quand j'ai été nue, je suis revenue et je me suis assise tout doucement au bord du fauteuil. Il avait la tête entre les mains et ne bougeait pas.

Autour de nous, tout se fondait dans la pénombre. J'ai rompu le silence :

– Que veut dire «*zakhor*» ?

Il a sursauté et a levé les yeux vers moi. Le sang avait déserté son visage. C'est alors qu'il a vu, dans le clair-obscur, mon corps nu et ma maigreur, mon effrayante maigreur. Ses lèvres tremblotaient, comme ce jour où je l'avais interrogé sur les paroles de Mamouchka.

J'ai alors très exactement compris que mon anorexie était une agression, un coup brutal que je décochais aux autres et que ce coup prenait toute sa force si je n'emmaillotais pas ce qui me restait de chair dans des vêtements, mais que je le jetais à la face de ceux que je voulais blesser.

– Qu'est-ce que tu fais comme ça ? Tu es folle ! Rhabille-toi !

Sa voix trahissait une profonde confusion. Je me suis levée. Il a grimacé, épouvanté par mon corps de momie, le dessin saillant de mes côtes, les os de mon bassin qui menaçaient de percer la peau trop mince, mes bras et mes cuisses décharnés.

– Non ! J'ai besoin que tu me voies, ça te rappellera sûrement des souvenirs.

Au centre, j'avais rêvé cette scène cent fois mais je ne pensais pas que le jour venu, je serais aussi calme, aussi maîtresse de moi.

– Tu es folle à lier ! Tu dois retourner à l'hôpital.

J'ai éclaté de rire et j'ai redemandé, visage impassible :

– Que signifie « *zakhor* » ?

Il s'est efforcé de répondre sur un ton faussement naturel.

– Je ne sais pas. Rhabille-toi, je t'en prie.

J'ai repris d'une voix plus ferme :

– Que veut dire « *zakhor* » ? Je suis certaine que tu le sais, tu n'as pas pu faire autrement que chercher ce que t'a dit ce vieil homme.

J'ai cru qu'il allait se trouver mal. Il a balbutié :

– Qu'est-ce que tu racontes ?

Je l'ai interrompu :

– J'ai lu ton journal, *le journal de Jacques Desroches*. Car c'est bien comme cela que tu t'appelles, n'est-ce pas ?

Son visage a paru se craqueler. Comme je prononçais son nom, j'ai eu la sensation de voir distinctement, sous la carapace des ans, le visage de l'autre, celui que j'avais reconnu sur cette photo jaunie, le soir de mon suicide manqué. Jacques Desroches en majesté dans son uniforme SS. Jacques Desroches qui avait réussi à échapper à ses juges en usurpant l'identité d'un autre.

Jacques Desroches, mon grand-père…

Quand je l'avais reconnu, tout ce à quoi j'avais cru s'était effondré en une fraction de seconde. Ma grand-mère. Lui. C'était plus que je ne pouvais en supporter : j'avais voulu mourir. J'avais survécu. J'étais là, maintenant.

J'ai martelé sans lui laisser le temps de reprendre ses esprits :

– Que veut dire «*zakhor*» ?

Tout son corps s'est tendu. Il a fini par lâcher difficilement, comme si ça déclenchait en lui une intolérable souffrance :

– «Souviens-toi…»

Sa voix n'avait été qu'un murmure mais il avait parlé. Je l'avais contraint à parler pour tous ceux qu'il avait voulu condamner à l'oubli. Un oubli pire que celui que le temps tisse. Un oubli haineux fait de cendres et de sang. Il a ajouté d'une voix hésitante :

– Je ne sais pas pourquoi il m'a dit ça, c'est de l'hébreu…

– Ce n'est pas à toi qu'il parlait, c'était à moi !

J'avais crié, incapable de me contrôler, surprise moi-même par l'étrangeté de ces paroles. Mon grand-père fuyait mon regard et il a marmonné :

– Comment sais-tu ? C'est ta grand-mère qui t'a raconté ?

Alors je lui ai tout dit : le rêve de Mamouchka, ce nom de Sobibor qui me hantait depuis deux ans, ma maladie, la découverte du cahier, les photos. Il me fixait, incrédule.

– C'est impossible, impossible ! Ce cahier, je l'ai détruit ! Il a brûlé quand nous avons quitté la ferme où nous nous cachions. Il n'a rien pu en rester et…

Je l'ai interrompu :

– Tu l'as brûlé de tes mains ?

– Je ne sais plus… Je ne crois pas.

Il fouillait sa mémoire, essayant de comprendre, de se souvenir.

– Ta grand-mère l'aurait pris avant qu'on ne mette le feu à la grange... Pourquoi Anna a-t-elle fait ça? Je ne comprends pas. C'était de la folie, de la folie...

Il hochait la tête comme un vieillard sénile. Je l'ai sommé d'avouer, de m'expliquer comment ils avaient réussi à vivre et, plus tard, à échapper aux Alliés après leur départ de Sobibor. Il m'a obéi, comme dompté.

J'ai écouté son récit sans l'interrompre, glacée de reprendre cette histoire là où elle s'était interrompue, et que j'entendais maintenant par sa voix. Étrangement, il disait «je» mais je sentais bien qu'il parlait de Jacques comme d'un autre. Celui qu'il avait été pourtant et qu'il s'était efforcé d'oublier.

CHAPITRE 17

– Anna était incapable de reprendre le dessus. Je la voyais dépérir de jour en jour et j'ai eu peur pour sa vie. Un matin, Wagner est venu me trouver, fou de rage. Anna avait été surprise en train de donner de la nourriture aux prisonniers juifs qui travaillaient dans les ateliers du camp. Deux gardes ukrainiens l'avaient vue et en avaient immédiatement rendu compte aux SS. Wagner m'a annoncé son intention d'infliger à « la Polonaise » une punition exemplaire en public avant de la faire expulser. Je me suis jeté sur lui et nous nous sommes battus comme des chiens enragés. Par chance, von Lebbe n'était pas en mission. Nos hurlements ont attiré la moitié du camp et Reichleitner et lui ont été promptement informés de l'incident. Von Lebbe est intervenu. S'il n'avait pas été là, je pense que Wagner et moi nous nous serions entre-tués.

Anna et moi avons été consignés dans notre chambre. Le soir, von Lebbe est venu me rendre visite. Ta grand-mère était couchée et dormait profondément, sous l'influence d'un sédatif[1] que je lui avais fait prendre.

1. Un sédatif : un calmant.

J'avais peur pour nos vies mais von Lebbe n'avait pas promis de veiller sur moi en vain. Il m'a expliqué qu'il avait pris des dispositions pour me mettre à l'abri dès que j'avais accepté de venir à Sobibor. Il m'a parlé en termes très pessimistes de l'avenir du Reich. Pour lui, l'erreur avait été l'enlisement en Russie : il aurait fallu gagner cette campagne en quelques mois. Les stratèges nazis, et Hitler le premier, n'avaient pas imaginé à sa juste valeur la capacité de résistance des Soviétiques. L'entrée en guerre des Américains avait précipité le mouvement et la défaite semblait désormais inéluctable.

Pour lui, comme pour d'autres, il fallait dès à présent préparer l'avenir, ce qui signifiait permettre au plus grand nombre d'échapper aux Alliés en cas de défaite. Le Reich ne pouvait finir avec l'écrasement de l'Allemagne. Sans entrer dans les détails, il m'a fait comprendre que les services secrets auxquels il appartenait commençaient à nouer des contacts un peu partout dans le monde afin de permettre la fuite de ceux qui contribueraient plus tard à la renaissance du Reich.

Ainsi, sans m'en faire part, évidemment, il s'était servi des réseaux auxquels il était lié pour me procurer une fausse identité. Pour Anna, cela n'en valait pas la peine, elle resterait qui elle était. En ce qui me concernait, le problème était plus délicat : si les Alliés gagnaient la guerre, je serais recherché pour collaboration avec l'ennemi. Konrad avait donc demandé aux services secrets SS, en février 1942, de lui trouver un Français prisonnier en Allemagne et dont l'aspect physique pouvait se rapprocher du mien. Comme guidés par la Providence, ils avaient déniché dans un camp le candidat idéal, un type qui me ressemblait de façon extraordinaire. Il a été envoyé dans une ferme isolée tandis que j'allais de mon côté en Pologne. Il se nommait Paul Lachenal et n'avait pour toute famille qu'une vieille tante qui avait été discrètement éliminée par la Gestapo, sur ordre de von Lebbe. Pendant ce temps, en France, les services secrets allemands avaient procédé subrepticement à la modification de tous les documents concernant Paul Lachenal. Ils avaient pris soin de remplacer ses empreintes digitales, ses photos, dans tous les organismes qui en possédaient un exemplaire, par les miennes. Ce n'était pas bien difficile, les nazis avaient la haute main sur l'ensemble de l'administration française. Devant mon air abasourdi, von Lebbe a éclaté de rire et m'a déclaré que c'était vraiment un jeu d'enfant pour des professionnels comme eux.

Je l'ai interrogé sur ce qu'allait devenir ce malheureux Lachenal. Il m'a répondu qu'il avait déjà donné l'ordre de le faire déplacer vers une autre ferme à plusieurs centaines de kilomètres et de l'exécuter en chemin. Celui qui prendrait sa place, dans sa nouvelle affectation, ce serait moi et personne ne pourrait deviner la supercherie. Je n'ai pas pu m'empêcher de l'interrompre :

– Et le vrai Jacques Desroches, que va-t-il devenir ?

– Mon cher, a déclaré von Lebbe avec un grand sourire, j'ai le regret de vous annoncer que vous allez bientôt mourir au combat face aux Soviétiques et que vous serez décoré de la croix de fer à titre posthume. Votre mère sera dûment informée de votre disparition. Quant à Karl Frank, le nom sous lequel tous vos compagnons vous connaissent, il ne va guère connaître un sort plus enviable. Pour l'équipe du camp, Anna et vous allez être évacués et liquidés dans un endroit discret. *Exit* Karl Frank et sa putain polonaise…

Je n'ai pas relevé ses derniers mots. Que pouvais-je ajouter? J'avais l'impression d'être un jouet dans les mains de von Lebbe.

Il m'a remis des papiers français, au nom de Paul Lachenal et d'autres, polonais cette fois, au nom d'Anna Wiesckiewa. Puis il s'est levé et m'a quitté après m'avoir serré la main.

Deux jours plus tard, une voiture est venue nous chercher et nous sommes partis à tout jamais de Sobibor, sans faire nos adieux à quiconque. J'avais peur que tout ceci soit une mise en scène et que nous soyons abattus et enterrés dans un bois isolé. Nous étions ce qu'on appelle des *Geheimnisträger,* des porteurs de secrets, et donc potentiellement dangereux. Mais j'avais tort de douter. Konrad était un homme de parole, bénéficiant d'appuis puissants, et tout s'est déroulé comme il me l'avait annoncé.

Nous sommes arrivés à deux jours d'intervalle dans la ferme dont Konrad m'avait parlé et nous y sommes restés jusqu'en 1945. Anna s'est lentement remise. Les premiers temps, nous avons fait comme si nous étions de parfaits étrangers l'un pour l'autre. Bientôt, nous avons feint de tomber amoureux. Les paysans allemands nous avaient pris en sympathie, d'autant que nous parlions leur langue et qu'ils avaient été émus par nos « histoires » respectives. Nous avons été traités avec beaucoup de respect et, pourrait-on dire, d'amitié. En dépit des ordres, car nous étions prisonniers, ils nous ont permis de vivre dans une petite chambre, au-dessus de la grange où l'on stockait le foin et la paille. Nous avons passé dans cette ferme de longs mois heureux, perdus au milieu des champs. C'était une vie de travail simple et tranquille. Anna a retrouvé la paix. Nous étions à l'écart de la guerre et des combats, qui nous parvenaient comme une rumeur lointaine, lorsque les Alliés bombardaient les installations et les villes allemandes.

En mars 1945, j'ai reçu une convocation : je devais me présenter sur l'heure à la Kommandantur. On m'a introduit dans une pièce et j'ai eu la surprise d'y trouver Konrad, vieilli, amaigri, fiévreux. Il m'a ordonné de fuir en compagnie d'Anna et de rejoindre les troupes alliées. Il m'a fourni un plan détaillé de la route à suivre ainsi que divers papiers et sauf-conduits qui me permettraient, le cas échéant, de ne pas être importuné par les Allemands. Je n'ai pas pu résister à l'envie de lui demander ce qu'était devenu Sobibor après notre départ. Il me l'a raconté.

Le camp a continué à fonctionner jusqu'en octobre 1943. Pendant l'été de cette année-là, Himmler a demandé qu'il soit transformé en camp de concentration et qu'il serve d'entrepôt pour les armes et les munitions prises à l'ennemi. Il a fallu accroître les effectifs de prisonniers sur place, en ayant recours en particulier à des prisonniers russes. C'était une population difficile à contrôler, habituée à se battre, beaucoup moins malléable que les pensionnaires habituels.

Konrad racontait lentement, les traits contractés, peinant à dissimuler sa rage. Diverses tentatives de fuite, à Treblinka comme à Sobibor, avaient été éventées pendant les mois d'été et réprimées avec une terrible férocité.

Le 14 octobre 1943, l'impensable a eu lieu. Emmenés par un Juif, officier dans l'Armée rouge, trois cents prisonniers ont réussi à s'enfuir, profitant de l'absence de Niemann, le dernier commandant du camp, et de Wagner, qu'ils redoutaient entre tous. L'évasion avait été préparée de longue date et ils avaient tué onze SS pour parvenir à leurs fins. Sur les trois cents prisonniers qui restaient au camp, cent cinquante ont été immédiatement exécutés, les autres ont été envoyés dans les chambres à gaz.

Une gigantesque chasse à l'homme a été organisée, mais seule une centaine d'évadés ont été repris et fusillés. Leurs compagnons s'étaient évanouis dans la nature. Il a fallu en informer Himmler. Sa colère a été épouvantable et Konrad en a fait les frais. Himmler a alors ordonné l'arrêt de l'opération Reinhard et la destruction du camp. Les nazis ont détruit l'ensemble des installations et des bâtiments, labouré le terrain et planté des arbres. Tous les SS affectés à Belzec, Treblinka et Sobibor ont été envoyés sur l'Adriatique, à Trieste, sous le commandement de Globocnic. Quand les Russes sont arrivés, quelques mois plus tard, une jeune forêt recouvrait l'emplacement du camp…

Konrad s'est arrêté, épuisé. Il s'est levé et m'a dit adieu. Je lui ai demandé pourquoi il faisait tout cela pour moi. Il a marqué un temps. Ses yeux exprimaient une fatigue infinie. J'ai eu l'impression qu'il hésitait. Il a fini par hausser les épaules et il m'a dit :

– Je ne le sais pas moi-même. Adieu, Jacques.

Il est parti. Je ne l'ai jamais revu, je n'ai aucune idée de ce qu'il est devenu. Je n'ai jamais lu son nom nulle part, après la guerre. C'est comme s'il n'avait jamais existé.

Je suis rentré à la ferme et j'ai informé Anna de notre départ, le lendemain matin. Comme je ne souhaitais laisser aucune trace de notre passage, j'ai décidé que nous mettrions le feu à la grange, avant de partir. À vrai dire, j'espérais que les habitants de la ferme s'imagineraient que nous étions restés à l'intérieur. L'intensité du feu leur laisserait croire que rien n'était resté de nous.

À minuit, quand tout a été endormi, nous n'avons pris que le strict nécessaire et nous nous sommes sauvés après avoir enflammé une botte de paille. J'avais délibérément abandonné mon journal sous le matelas de notre lit. Une seule page de ce cahier, si les Alliés l'avaient trouvé, aurait suffi à nous faire fusiller sur-le-champ.

Nous étions à des kilomètres de la ferme que nous pouvions encore voir les flammes de l'incendie s'élever vers le ciel. Au bout d'une semaine, nous avons réussi à rejoindre les lignes américaines.

La suite, tu la connais.

CHAPITRE 18

Il a relevé la tête et m'a regardée, en attente de ma réaction.

– Mamouchka était au courant de ces saloperies ?

– Non. Elle n'a jamais su qu'il..., que Paul Lachenal avait vraiment existé. Von Lebbe avait tout prévu, tout organisé, sans me demander mon avis, sans me mettre au courant.

Je ne savais que croire. J'ai demandé d'une voix accablée :

– Ça, je veux bien l'admettre, mais le reste... Comment as-tu pu continuer à vivre après avoir fait ce que tu as fait, après avoir aidé à faire disparaître tous ces pauvres gens ?

Il a pris une voix misérable.

– C'était la guerre...

J'ai eu un haut-le-cœur. Il était encore plus monstrueux que je ne l'imaginais.

– Tu appelles ça la guerre ! La guerre est une belle saleté, mais ça... Ça, c'est au-delà des mots. Il n'y a pas de mots pour ça ! Ces gens *ne faisaient pas la guerre.* On les a enlevés, arrachés à leurs pays. Déportés. Déportés, tu m'entends, pour les tuer comme des chiens ! À la guerre, on se bat. On est armé, on peut essayer de se défendre ! Mais eux, contre qui se battaient-ils et quelles étaient leurs armes ? Quelles ont été leurs chances de s'en sortir ? Et pourquoi les avez-vous tués ? Réponds ! Réponds, je te dis ! Quel crime avaient-ils commis pour mériter de mourir comme ça ? Dis-moi quel intérêt il y avait à déporter ces vieillards, ces femmes, ces enfants que vous êtes allés chercher un peu partout ? Parce qu'ils étaient dangereux ? Non. Leur seul crime, c'était d'être juifs, et rien d'autre ! Comme si on pouvait naître coupable... Et peu importe qu'ils aient été riches ou pauvres, ignorants ou savants, qu'ils aient été des gens bien ou des misérables. Vous les avez assassinés pour ce qu'ils étaient, parce qu'ils étaient nés juifs ! Voilà la vérité. Ce n'était pas la guerre, c'était un meurtre de masse, prémédité, à l'échelle d'un continent tout entier...

Je ne reconnaissais plus ma voix en parlant. Chacun des mots que je prononçais me brûlait la bouche, me lacérait la gorge. Mes paroles se perdaient dans un tremblement douloureux.

Il a relevé les yeux vers moi, il ne semblait plus voir que j'étais nue.

– Écoute-moi. Pendant cinquante ans, notre existence a été exemplaire. Je me suis efforcé de tout reconstruire, avec ta grand-mère. Nous avons travaillé, nous avons eu des responsabilités. J'ai beaucoup œuvré pour les autres. J'ai permis à mes enfants de réussir leur vie. Ce que tu es, ce que tu as, tu me le dois aussi !

Je ne l'ai pas laissé poursuivre.

– *Ce que je suis, je te le dois*... Tu ne crois pas si bien dire. Regarde-moi ! Regarde ce que je suis devenue ! Regarde ce que je te dois...

Je guettais sur son visage l'écho de mes paroles. J'aurais tellement voulu que Mamouchka soit là, qu'elle entende, elle aussi, ce que j'avais à dire.

– Toute mon enfance, Mamouchka et toi vous avez représenté ce que je pouvais rêver de mieux, de plus droit, de plus noble. Ce qui me manquait chez papa et maman, je le trouvais chez vous. Vous étiez ceux à qui je voulais ressembler. Papa ne disait jamais rien, toi tu me parlais, tu me racontais des histoires, tu me prêtais des livres. Avec maman, rien ne passait. Nous étions comme des étrangères... Mamouchka savait tout de moi. Elle m'a appris la musique. Elle m'a...

Les mots se sont étranglés dans ma gorge. Je me suis rassise. Mes poings étaient serrés si fort que ça m'a fait mal.

– J'étais d'une sincérité absolue avec elle, avec toi. Je vous faisais confiance à un point que tu n'imagines pas. Trop peut-être. Mais est-ce que l'on a le droit de douter de ses grands-parents ? Du jour où j'ai compris que Mamouchka nous mentait sur son passé, ça s'est fendillé en moi. J'ai préféré ne pas y penser ; j'ai moi aussi préféré le mensonge. J'étais lâche. Mais quand j'ai trouvé ton journal et que je l'ai lu – mon grand-père a détourné les yeux –, j'ai eu envie de crever, il n'y a pas d'autre mot. Crever ! Parce que, ce soir-là, c'est vous qui êtes morts pour moi. Définitivement.

J'ai posé mes mains bien à plat sur mes genoux, consciente que j'allais prononcer les paroles les plus importantes de ma vie.

– Aujourd'hui, je viens te demander des comptes... Comment as-tu pu vivre en ayant autant de morts sur la conscience ? Comment as-tu pu mentir autant ?

Jamais quiconque n'avait parlé sur ce ton à mon grand-père. Jamais, autour de lui, personne ne s'était permis de lui reprocher quoi que ce soit.

– Tu ne peux pas comprendre ce qui s'est passé pendant la guerre. Tu ne sais rien de cette époque ! De quel droit te permets-tu de me juger ?

J'espérais un mot, une expression de regret. Un mouvement de honte. N'importe quoi qui m'aide à comprendre... Mais une fois de plus, il fuyait toute responsabilité, toute culpabilité.

– Tu ne réponds pas à mes questions ! Et d'abord, comprends bien que je ne te juge pas, je te condamne. Deux cent cinquante mille ! Il y a eu deux cent cinquante mille morts à Sobibor ! C'est à hurler de rage ! Ces hommes, ces femmes, ces enfants étaient massacrés et, toi, bien tranquillement, tu établissais des statistiques, tu récitais des poèmes, tu discutais philosophie, tu filais le parfait amour... Comment croire cela ? Moi non plus, je ne le croirais pas si je ne l'avais pas lu, écrit de ta main ! Il n'y a pas de pardon possible pour ce que tu as fait, pas de prescription[1], pas de compréhension. Pas d'oubli... Je ne sais même pas si la vengeance a un sens pour des gens tels que toi : il faudrait vous châtier deux cent cinquante mille fois.

Le ton de ma voix l'avait ébranlé. Pour la première fois, il m'a semblé lire de l'incertitude sur son visage, de la peur, peut-être. J'ai repris :

– Pourquoi ne t'es-tu pas dénoncé ?

Il a fui mon regard.

– Quand j'ai rencontré ta grand-mère, j'ai connu un bonheur que je ne soupçonnais pas. Tout ce dont j'avais pu rêver, je l'avais trouvé. Elle donnait soudain un sens à mon

1. Prescription : délai à partir duquel celui qui a commis un crime n'est plus condamnable par la justice.

existence. Me dénoncer aurait signifié la perdre. Je ne m'en sentais pas la volonté. Quand elle m'a rejoint, en France, j'ai voulu... nous avons voulu tout oublier, tout rebâtir sur des bases neuves.

– Et personne n'a eu de soupçons, personne n'a remarqué des failles dans votre histoire?

– Qui voulais-tu qui sache? Tout cela s'était passé si loin... Paul Lachenal n'avait plus aucune famille. Qui aurait pu chercher à le retrouver? L'administration n'avait aucun doute me concernant, mes papiers étaient authentiques. Je n'ai jamais menti, je me suis contenté de me taire. La vérité, c'était ce que les gens croyaient de nous. Nous avons employé toutes ces années à nous racheter...

J'ai sursauté.

– Vous racheter? Parce que tu crois qu'on peut racheter tes crimes? Et auprès de qui, d'abord? De ceux que tu as contribué à exterminer? Et cette femme, Eva Hirschbaum, et son fils, Simon, que tu as supprimés de sang-froid, tu les as oubliés? C'était la guerre? – J'ai détaché chaque syllabe. – J'appelle ça un meurtre! Et je suis sûre que Mamouchka pensait exactement la même chose, même si elle s'est tue.

Il s'est rembruni. Ses yeux se sont emplis de larmes. Sa bouche était agitée d'un mouvement spasmodique et il s'y est repris à plusieurs fois avant de parvenir à articuler :

– Tu ne peux pas savoir ce qui se passait dans ma tête, ce que j'ai enduré...

– Non, mais j'ai lu ce journal que tu as écrit dans le but d'exposer *ce que les hommes de ta génération ont jugé bon et utile de faire* et je n'y ai pas découvert de paroles de regrets.

– Ils refusaient d'obéir aux ordres, et puis...

– Et puis ?

– Et puis, c'est arrivé il y a si longtemps...

Mon grand-père a enfoui son visage dans ses mains avant de reprendre d'une voix étouffée :

– Ils seraient morts de toute façon.

Il m'a jeté un bref coup d'œil et devant mon expression méprisante, il a poursuivi, la voix mal assurée :

– C'était comme un défi que m'avait lancé von Lebbe. Ne pas sévir aurait signifié pour tous que j'étais un lâche. Il m'avait pris au piège et je ne savais pas comment m'en sortir. Tout le personnel du camp attendait ma réaction. Je devais faire preuve d'autorité et... Ta grand-mère m'avait toujours dit qu'il me manipulait, mais je refusais de la croire...

Je ne l'ai pas laissé poursuivre, il cherchait encore de nouvelles échappatoires. Je ne pouvais en supporter davantage.

– Ce von Lebbe était une ordure, mais toi tu ne valais pas mieux ! Tu veux me faire croire que tu les as assassinés par devoir ? Ou encore pour la simple raison que ce nazi faisait de toi ce qu'il voulait ? Mais quel âge avais-tu donc ? Est-ce qu'on est irresponsable à vingt-trois ans ? T'a-t-on posé le canon sur la tempe pour te conduire à Sobibor ? Non ! Tu t'es comporté comme un bourreau, un véritable salaud ! Cette femme et cet enfant n'avaient aucune chance quand tu les as exécutés.

Il a bafouillé :

– C'est toi qui te comportes comme un bourreau, j'ai quatre-vingts ans et j'ai le droit de...

Des larmes glacées coulaient sur mon visage. J'étais à deux doigts de craquer.

– Tu veux que je te dise ce que je crois ? Ces théories sur

la race, tu y as souscrit parce qu'elles flattaient ton ego, parce que tu éprouvais une immense satisfaction à t'imaginer différent. Tu jubilais[1] d'appartenir à une espèce supérieure : la race aryenne, destinée à régner sur l'humanité. Mais d'autres, à la même époque, n'y ont jamais cru. D'autres se sont battus contre les nazis ou, plus simplement, ont refusé de les suivre. Tu veux aujourd'hui te faire passer pour une victime, et ça, je ne peux pas l'accepter. Les victimes, elles étaient de l'autre côté. Et elles y sont restées ! Tu étais libre de choisir ton camp. Et tu l'as fait : tu as choisi le pire et tu ne veux pas payer maintenant !

Il s'est raidi.

– Emma, qu'est-ce que tu comptes faire ?

– Je vais remettre ton cahier à la justice et raconter ce que je sais. Je vais mettre fin à cinquante ans d'hypocrisie et de mensonge. Tant pis pour la honte, tant pis pour le déshonneur dans la famille. Je me fiche bien d'être celle par qui le scandale arrive !

Mon grand-père a eu un haut-le-corps et a essayé de se lever. Il s'était tellement employé à dissimuler sa vie durant qu'il ne pouvait tolérer l'idée que tous, dans cette ville où il était considéré, allaient connaître qui il avait été vraiment. Le choc était trop rude. Ses jambes ne le portaient plus. Il s'est laissé glisser au sol.

– Ne dis rien, Emma, je t'en prie. Tais-toi et détruis ce cahier. Si tu ne le fais pas pour moi, fais-le pour Mamouchka…

Je l'ai haï d'invoquer ma grand-mère pour essayer de s'en tirer. J'ai perdu la tête. Il fallait que j'expulse la violence qui allait me submerger, cette violence que j'étais

1. Tu jubilais : tu éprouvais une joie très forte.

capable de retourner contre moi. J'ai parcouru la pièce du regard et j'ai aperçu l'étui du violon de Mamouchka, posé sur le piano. Je me suis avancée, je l'ai ouvert, j'ai saisi l'instrument et d'un coup, sans un instant d'hésitation, je l'ai fracassé contre le mur. Il n'est resté dans ma main qu'une misérable petite carcasse de bois disloquée dont les morceaux pendaient pitoyablement, retenus par les cordes. Je l'ai lâchée. Quand je me suis retournée, mon grand-père haletait et se tenait la poitrine, comme s'il avait encaissé le coup lui-même.

Peut-être – si j'avais senti chez lui un sentiment sincère, l'amorce d'un repentir – aurais-je agi différemment. Je me suis avancée à sa hauteur et je l'ai toisé. Je voulais le blesser, lui faire peur.

– C'est trop tard, ai-je menti. Avant de venir, j'ai envoyé des photocopies de ton chef-d'œuvre aux rédactions de plusieurs journaux et au palais de justice. Quoi que tu fasses désormais, le scandale va éclater.

Il s'est ratatiné sur le sol et je suis sortie de la bibliothèque, sans lui jeter un regard. J'ai cherché mes vêtements aux toilettes et je me suis rhabillée.

Je suis rentrée à la maison. Épuisée, plus froide qu'un bloc de glace. Quelque chose de dur s'était glissé en moi, quelque chose que je ne connaissais pas. Je m'étonnais d'avoir trouvé la force de m'être comportée ainsi avec mon grand-père. Je ne regrettais rien. J'avais repoussé cette confrontation depuis cinq mois, depuis cette nuit où je l'avais reconnu sur cette photo cachée depuis si longtemps, et où je m'étais mise à le haïr de toutes mes forces. Demain, je ferais ce que j'avais prétendu avoir fait : j'écrirais aux journalistes de la presse locale et j'irais rencontrer le juge dont M. Prade, le directeur du supermarché, m'avait donné l'adresse, avant que je ne quitte son bureau.

J'ai marché comme une somnambule. Mon esprit flottait là-bas, en Allemagne. Je voyais Anna retourner dans leur petite chambre sous les combles, prétextant un oubli de dernière minute. Elle se faufile dans la pièce et, sans hésiter, attrape le petit cahier vert, fascinée par la lumière noire qui en émane, celle-là même que j'y découvrirais tant d'années plus tard. C'est absurde, c'est irrationnel, c'est dangereux et pourtant elle le fait. Peut-être est-ce elle qui arrache les nombreuses feuilles qui manquent. Peut-être, avant de fuir, prend-elle le temps d'écrire avec une ingénuité qui me déconcerte : *Jacques Desroches est parti se battre sur le front russe. Il y est mort le 3 juillet 1943,* pour le protéger malgré tout, si l'on découvre sur elle ce qu'elle sait être une pièce à conviction.

Je pense que c'est bien plus tard qu'elle a renforcé la couverture avec les feuilles de carton et dissimulé ces photos volées. Quand ? Pendant leur séjour dans la ferme ? Plus tard, pendant son errance ? Plus tard encore, dans leur grande maison de notables installés ? Peu importe.

Je la vois glisser ce cahier contre sa peau et le dissimuler comme je l'ai fait quand je l'ai découvert. Je la vois le garder envers et contre tout, en dépit du péril qu'il représente. Elle sait pertinemment qu'elle fait une folie. Elle sait que ce cahier peut les conduire tous les deux au peloton d'exécution. C'est plus fort qu'elle. Il est là, comme un remords qui la poursuit. Elle le traîne comme une blessure qui ne peut pas cicatriser. Après sa séparation forcée d'avec Jacques, il est le seul lien qui la rattache encore à lui. Il est précieux. Il est maudit.

Pourquoi ne l'a-t-elle pas détruit avant de mourir ? A-t-elle fini par l'oublier, tant elle était rongée par son cancer? A-t-elle souhaité au fond d'elle-même que quelqu'un le trouve? Que je le trouve, et que la vérité éclate un jour?

Je ne le saurai jamais.

Quand je suis arrivée à la maison, la table était mise. J'ai picoré dans mon assiette sous le regard soucieux de mes parents. Ma mère s'est alarmée de mon air fatigué. J'ai prétexté un épuisement dû à une trop longue promenade et, sans trop savoir pourquoi – parce que j'avais besoin de parler sans doute –, je leur ai raconté ma visite au directeur du supermarché, et les excuses que je lui avais présentées. Mon père qui m'observait en silence a acquiescé avant de tenter un sourire timide. Ma mère, pour une fois, s'est gardée de commentaires moralisateurs.

Le soulagement était palpable. Je me comportais enfin à leurs yeux comme quelqu'un de normal. J'ai omis la suite, le cahier vert, ma «conversation» avec Jacques Desroches, ma décision de tout avouer. Ça viendrait plus tard, quand je ne pourrais plus faire autrement. Je voulais préserver cette soirée, parce que la tempête allait bientôt s'abattre et que j'ignorais ce qui resterait de notre famille après coup. Ensuite, à peine le repas terminé je suis montée me coucher, je me suis recroquevillée dans mon lit et j'ai essayé de dormir.

CHAPITRE 19

Ce matin, je me suis réveillée de bonne heure. Je suis restée longtemps entortillée dans les couvertures, dans un état de semi-léthargie. Je ne me souvenais d'ailleurs pas de les avoir tirées sur moi, hier soir. Mes parents avaient dû le faire pendant la nuit. Je me souvenais seulement de mes membres de plomb et du soulagement avec lequel je m'étais laissé engloutir par le sommeil.

J'ai entendu un bruit de pas dans le couloir, puis les craquements légers de l'escalier. Mon engourdissement s'est dissipé d'un coup. Il fallait que je bouge. J'ai allumé ma lampe de chevet. Dans le tiroir de ma table de nuit, j'avais déposé la carte de visite sur laquelle était griffonné le numéro de téléphone du juge. Je me suis habillée et je l'ai glissée dans la poche de mon jean. Je suis descendue à la cuisine. Mon père prenait son petit déjeuner, seul. Ma mère dormait encore. Je me suis assise en face de lui et je me suis versé un bol de lait. Il avait les traits tirés, les yeux las. Il m'a souri. J'ai hésité… Les paroles se bousculaient sur mes lèvres. Je n'ai pas eu le cran de les lui dire. J'avais peur qu'il ne me croie pas, qu'il me prenne pour une menteuse, pour une folle. C'était plus simple de contacter le juge d'abord : il saurait me conseiller.

– Ça va ?

– Ça va.

On n'avait pas eu une si longue conversation depuis une éternité. Il a bu une gorgée de café et a reposé son bol un peu trop brutalement.

– Emma, je suis inquiet pour toi.

Tout me tombait dessus en même temps. Pourquoi mon père se préoccupait-il de moi, tout d'un coup ? Avais-je une tête si effrayante ? Il a continué :

– Tu recommences à maigrir, non ?

J'ai hoché la tête. Mon père a regardé ses mains.

– Je sais que je ne suis ni très adroit ni très loquace. Je suis efficace avec les autres. Avec ma famille, c'est plus difficile. Ne m'en veux pas. Je vois bien que tu vas mal et je me sens si maladroit, si impuissant. Je voudrais que tu saches que, même si je ne comprends pas pourquoi tu souffres tant, je suis là et je…

Sa voix s'est étranglée. Une grosse boule de chagrin venait de se loger dans ma poitrine. Il aurait sans doute fallu que j'y mette du mien, que je parle à mon tour pour briser définitivement cette carapace de silence que nous avions sécrétée depuis tant d'années. J'étais incapable de prononcer un mot, tétanisée par ses paroles. Il a poussé son bol à moitié plein.

– Voilà… Il faut que je m'en aille. À tout à l'heure, Emma. J'ai mes visites.

Il m'a effleuré la main. Son geste m'a fait chaud. Il m'a broyé le cœur aussi. Dans une autre famille, je me serais levée, je me serais nichée entre ses bras et on se serait serrés très fort. Je me suis contentée de dessiner un *oui* inaudible du bout des lèvres.

Papa a quitté la cuisine. Je suis allée jusqu'à la fenêtre pour le guetter. Il s'est installé dans la voiture. Je lui ai fait un petit signe de la main qu'il n'a évidemment pas pu voir. Il est parti. Je suis retournée boire mon lait, j'ai grignoté une ou deux tartines et j'ai attendu. Je me laissais encore un peu de temps.

Vers neuf heures, le téléphone a sonné. La femme de ménage de mon grand-père affolée demandait papa : il était arrivé un malheur. Je lui ai passé ma mère qui se levait à peine. Maman a blêmi et a raccroché. Je savais ce qu'elle allait m'annoncer.

– Emma, c'est horrible, ton grand-père a été découvert pendu à la rampe de l'escalier.

Je me suis assise. La veille au soir, je lui avais jeté à la figure ce que j'avais à lui dire. Aujourd'hui encore, je n'en aurais pas retranché un seul mot. Je ne lui avais laissé finalement qu'une alternative : la justice ou le suicide. Il avait choisi.

Et moi, qu'aurais-je préféré ? Le savais-je, d'ailleurs ? Étais-je coupable moi aussi ?

Je l'aurais été en me taisant ou en acceptant ses justifications. Au contraire, je l'avais condamné. J'étais certaine d'avoir raison mais je n'en étais pas fière pour autant. Je n'étais pas un juge impartial, j'étais sa petite-fille. Mamouchka et lui m'avaient forcée à les renier. Comment allais-je continuer à vivre à présent ? De qui serais-je l'héritière ?

Maman m'a parlé, j'ai repris pied, la faisant répéter. Elle ne voulait pas appeler mon père sur son portable de peur qu'il ait un accident en apprenant la nouvelle. Elle a décidé de se rendre immédiatement à la maison des remparts. Maman était préoccupée à l'idée de me laisser seule. Je lui ai affirmé que j'en étais capable. Elle a hésité puis elle est sortie de la pièce. J'étais calme. Je ne ressentais rien. Ni douleur, ni chagrin.

Rien.

J'ai entendu la porte se refermer derrière elle.

Je suis seule. Sur le carrelage de la cuisine s'étire une tache de lumière. Je ne sais pourquoi, me reviennent quelques mots d'un poème que j'ai lu un jour :

Voici le jour en trop : le temps déborde... [1]

Maintenant tout est fini. Je vais tenter de devenir une femme. Je parlerai d'abord à mes parents puis je les convaincrai de se rendre avec moi chez le juge afin de lui remettre le journal de mon grand-père, Jacques Desroches. Sa mort n'efface rien hélas et nous refermer sur ce secret serait le pire des choix. Et puis, si lourd qu'il soit à porter, je crois que nous avons le devoir de reprendre son nom, de l'assumer, pleinement, en toute connaissance de cause. Ensuite, je retournerai à l'hôpital, le temps qu'il faudra. J'ai besoin que l'on m'aide.

Un jour enfin, j'écrirai cette histoire, pour que l'on sache.

Pour que l'on n'oublie pas.

La maison est silencieuse, lumineuse et fraîche.

Je vais aux toilettes, je m'agenouille et j'introduis mon index tout au fond de ma gorge. Il suffit d'un frôlement pour que le hoquet libérateur me secoue. Je sens le contenu

1. *Voici le jour en trop : le temps déborde* : vers extrait de « Vingt-huit novembre mil neuf cent quarante-six », poème écrit par Eluard en 1946 à la mort de sa femme.

de mon estomac remonter et gicler par ma bouche ouverte, y causant au passage une brûlure acide. Mes yeux se remplissent de larmes. Je me redresse, j'essuie mes lèvres avec du papier et je tire la chasse.

Aujourd'hui, j'ai vomi pour la dernière fois.

À l'origine de ce livre, il y a un film, *Shoah,* de Claude Lanzmann.

Une séquence en Pologne. Une gare, un beau jour de printemps ou d'été, des arbres, du vert, des ombres que l'on devine fraîches. Des promesses de promenades en famille. Du bonheur simple. Et un vieil homme aux cheveux blancs.

Il parle, il raconte devant la caméra. *C'était il y a longtemps. Oui, ça s'est passé ici. Non, on ne peut plus rien voir. Les Allemands ont rasé le camp, ils ont replanté des pins par-dessus pour qu'on ne retrouve rien. Beaucoup de gens sont morts. Beaucoup.*

Il sourit, comme s'il excusait.

Sont-ce ses paroles ? Est-ce ma mémoire qui les recompose, qui réinvente ses gestes ? Sûrement. Mais le problème n'est évidemment pas là. Et si les mots sont différents, ce que fut Sobibor demeure.

Derrière le vierge, le vivace, le bel aujourd'hui, le mépris, la haine, la saleté, la souffrance et la mort…

Dans cette nature idéale, dans ce coin si calme, niché

quelque part en Europe, on avait tué, tué et encore tué, méthodiquement, et il n'en restait rien. *Silence assourdissant de Dieu,* diront certains. Ou encore *tendre indifférence du monde,* pour reprendre la formule de Camus.

Plus une trace. Plus un bâtiment. Plus un corps. Quelques témoins éparpillés. Des bourreaux disparus ou impunis. Une forme de crime parfait.

Il y a trois ans, parlant avec une étudiante polonaise de son pays, je me suis rendu compte qu'elle ne connaissait pas ce nom. Elle a froncé ses jolis sourcils. Non, Sobibor ne lui disait rien. Jamais entendu !

À la limite, Sobibor n'existait pas. Ou n'existait plus.

Je n'ai pas écrit ce livre par souci d'esthétisme. Ou par opportunité. Je l'ai écrit car il est au cœur de mes préoccupations. Je l'ai écrit parce que d'une certaine manière, je ne pouvais pas faire autrement. Parce qu'il s'est nourri de mes pensées, de mes lectures : Primo Levi, Hannah Arendt, Léon Poliakov, Robert Antelme, et tant d'autres…

Alors, un livre de plus sur les camps ? entendra-t-on peut-être. *On en a déjà tellement parlé…* Ce n'est pas qu'un livre sur les camps, précisément. C'est un livre sur l'après. Sur la mémoire. Sur le mensonge. Sur cette lame de fond qui n'en finit pas d'avancer. Sur le silence.

À l'origine de ce livre, il y a aussi une rencontre. Un trop-plein gardé trop longtemps. Mûri. Et le vertige du vide se partage, qu'on le veuille ou non.

Quel rapport entre les camps et l'anorexie ? Aucun, évidemment. Seulement, il arrive parfois que la petite histoire croise les chemins de la grande. Celle qui s'écrit, dit-on, avec un H majuscule.

Au cœur des êtres comme au cœur du temps humain, des secrets que l'on s'efforce d'escamoter. Des abîmes de noirceur.

Ce livre pour essayer de les dissiper.

Jean Molla

Arrêt sur lecture 4

Voilà, le livre est terminé et les questions sont résolues. Mais il doit vous poursuivre, c'est son souhait annoncé. Ce n'est pas une fiction simple que vous venez de lire. La parole a été libérée, la vérité dévoilée malgré les efforts contraires. Ce n'est pas Emma qui clôt le livre mais Jean Molla. Si, comme on l'a vu, le livre s'ouvre sur un chapitre non numéroté, il s'achève par une postface dans laquelle l'auteur reprend la parole à ses personnages pour expliquer ses raisons et lever les malentendus possibles.

Le mensonge au cœur de l'histoire

L'histoire d'Emma est celle d'un mensonge qui finit par éclater et laisse apparaître au grand jour une vérité que ses principaux protagonistes, les grands-parents, ont cherché à oublier. Elle croise une tentative analogue à grande échelle, celle des nazis qui ont cherché à supprimer les traces de leurs crimes à la fin de la guerre une fois leur défaite assurée. C'est ce double mensonge qui est au cœur du récit de *Sobibor*.

La fin des mensonges romanesques

Souvenez-vous : au début du roman, Emma considérait ses grands-parents comme une sorte de couple mythique, véritables héros fondateurs de l'histoire familiale. Ils sont d'autant plus importants pour la jeune adolescente qu'elle entretient avec ses parents des rapports tissés de silences et de non-dits. L'un des thèmes du roman est le rapport à la parole : parole fausse et bâtie sur du vent de la part des grands-parents, parole creuse et sans signification profonde de la mère, absence de parole du père. À cela s'oppose la parole vraie, celle qui parvient à se dire avec bien des détours. C'est cette parole que Mamouchka, en pleine possession de ses moyens, parvient encore à empêcher lorsque à douze ou treize ans Emma lui pose une question en apparence anodine sur leur amour en temps de guerre (p. 161) :

> **Mamouchka s'était interrompue. Les traits de son visage s'étaient figés. Elle avait changé de conversation.**

Mais c'est la vérité qui s'exprime, profitant de la maladie, une nuit d'avril, et qui déclenche la dernière phase, la plus grave de la maladie d'Emma. Le rapport à la parole est donc devenu un problème pour Emma. Elle est un instrument double, à la fois libérateur, car il lui faut parler, et mensonger ; et c'est ainsi qu'elle a appris à s'en servir. D'un côté, elle sait mentir aux médecins qu'elle rencontre pour leur faire entendre ce qu'ils veulent ; de l'autre, elle a besoin de se libérer d'un poids trop lourd pour elle et choisit les interlocuteurs à qui se confier : M. Prade, le directeur du centre commercial ou le juge à qui elle confie son histoire. Mais c'est surtout entre elle et son grand-père que tout se joue : par le biais du journal de Jacques Desroches, son vrai grand-père se révèle, elle le force à parler pour raconter la suite de son histoire. Elle devient celle qui révèle ainsi le mensonge d'un homme mais au-delà de lui, ce sont toutes les victimes que l'on a voulu cacher qui accèdent à nouveau à la parole : le vécu d'un homme rejoint ici une histoire qui le dépasse, il est un pion parmi d'autres dans l'entreprise d'effacement des nazis.

Le début du mensonge historique

Alors que la fin de la guerre approchait et que l'Allemagne nazie subissait des revers face à l'Armée rouge, le commandement nazi a voulu supprimer les traces de ses crimes. Dès juillet 1942, devant les problèmes causés par la putréfaction des corps des victimes, Himmler met en place un dispositif d'effacement, ce qu'on nomme l'« opération 1005 » : les corps sont déterrés puis brûlés dans des charniers à ciel ouvert, les restes osseux broyés. Tout est prévu pour qu'on ne puisse plus retrouver les corps des victimes. Après la révolte des déportés de Sobibor, le camp est rasé dès le mois de novembre, et le champ labouré et replanté :

« Après la révolte, les Allemands ont décidé de liquider le camp, et au début de l'hiver 1943, ils ont planté des petits sapins de trois ans, quatre ans

pour camoufler toutes les traces.

C'est ce rideau d'arbres ?

Oui.

Tout ça, c'était l'emplacement des fosses communes ?

Oui. Quand il[1] est venu pour la première fois ici en 1944, on ne pouvait pas se douter de ce qui s'était passé ici. On ne pouvait pas deviner que ces arbres cachaient le secret d'un camp d'extermination. »

Témoignage de Jan Piwonski, aide-aiguilleur polonais à la gare de Sobibor, au début du film de Claude Lanzmann, *Shoah*, Folio n° 3026.

Dans les autres camps, on observe la même volonté de détruire les preuves de la solution finale : à Chelmno, on démolit jusqu'aux fondations du camp avant de planter un gazon ; le camp de Belzec disparaît en 1943, sur l'emplacement des pins sont replantés, ses derniers occupants sont envoyés à Sobibor pour y être tués. À Treblinka, les traces sont éliminées et l'emplacement devient celui d'une ferme confiée à un Ukrainien. Dans le camp le plus important enfin, Auschwitz, les archives sont brûlées à partir du mois de septembre 1944 puis les chambres à gaz sont détruites. Pour supprimer ces preuves, il fallait aussi éliminer les survivants. Les nazis organisent alors ce que l'on a appelé les « marches de la mort », entraînant tous les survivants capables de marcher vers l'ouest. Ils quittent camps et ghettos : Maïdaneck, Varsovie,

1. Les propos de Jan Piwonski sont traduits au fur et à mesure dans le film, c'est pourquoi le pronom personnel employé pour le désigner est « il » et non « je ».

Budapest, Auschwitz ou Ravensbrück pour ne citer qu'eux, et meurent par milliers de faim, de maladie, d'épuisement ou encore sont exécutés par les soldats qui les encadrent.

Et les bourreaux nazis, que sont-ils devenus ? Certains ont été tués lors de la révolte du camp, certains se suicident, certains sont arrêtés, jugés et condamnés, d'autres parviennent à se cacher et s'enfuir, en changeant d'identité. Parmi les noms cités par Jean Molla, qui appartiennent presque tous aux gardes et soldats SS de Sobibor, on sait que Stangl, le commandant du camp, a été retrouvé au Brésil, à São Paulo, où il travaillait dans une usine Volkswagen. Son procès a eu lieu à Düsseldorf en 1970, date à laquelle il fut condamné à perpétuité. D'autres se réfugièrent au Brésil mais n'en furent jamais extradés : c'est le cas de Gustav Wagner, lui aussi SS de Sobibor, qui dans le livre tue une femme parce qu'elle a sali sa veste en le servant (journal de Jacques Desroches, 3 juillet 1942) ; on pense qu'il se serait suicidé en 1980. Hermann Michel, celui qui rassurait par ses discours les Juifs lors de leur arrivée à Sobibor, a disparu en 1948, on dit qu'il aurait vécu ensuite en Égypte. En France aussi, bien des collaborateurs ont échappé à toute sanction et se sont réintégrés sans problème dans la société d'après-guerre. De grands procès ont eu lieu il n'y a pas si longtemps, tel le procès en 1997-1998 de Maurice Papon, un Français responsable du service des questions juives à la préfecture de Bordeaux et en tant que tel de l'arrestation et de la déportation de Juifs de la région bordelaise. Papon a été condamné pour complicité de crimes contre l'humanité. Mais il avait été dès la fin de la guerre confirmé dans ses fonctions de préfet et de haut fonctionnaire.

Le travail de mémoire

Face à la volonté de faire disparaître toute trace, Jean Molla écrit un livre pour lutter contre l'oubli (p.201) :

> **Plus une trace. Plus un bâtiment. Plus un corps. Quelques témoins éparpillés. Des bourreaux disparus ou impunis. Une forme de crime parfait. [...] À la limite, Sobibor n'existait pas. Ou n'existait plus.**

En 2005, les cérémonies accompagnant la commémoration du soixantième anniversaire de la libération des camps ont rappelé la nécessité du devoir de mémoire concernant l'extermination des Juifs pendant la Seconde Guerre mondiale, mais aussi celle des Tziganes, et de tous ceux qui ont été jugés indignes par les nazis. Le « devoir de mémoire » dit qu'il faut se rappeler ces crimes, que la mémoire est un devoir que nous avons envers ceux qui ont souffert mais aussi envers nous-mêmes et envers les générations à venir. Pourquoi ? Il ne s'agit pas ici de faire une leçon de morale pour s'apitoyer sur le sort des victimes, mais de prendre conscience de ce qui fut : au-delà des chiffres qui, de par leur énormité même, ont un aspect abstrait, il est important de se rendre compte que chaque victime était un individu. C'est pourquoi les mémoriaux, celui de Yad Vashem en Israël, le Mémorial de la Shoah à Paris ou celui de Berlin ont en commun d'avoir une salle ou un mur des noms : chaque victime peut être identifiée, individualisée. Les images sont ici d'une grande aide : tas de chaussures, de vêtements, lunettes et alliances retrouvées lors de la libération des camps nous permettent de nous souvenir des êtres humains dans leur dimension concrète. C'est pourquoi Eva Hirschbaum et son fils sont si importants dans le roman que vous venez de lire : ils sont moins des victimes parmi tant d'autres que des personnages à part entière ; ils ne sont pas une infime partie du nombre des Juifs exterminés pendant la guerre, mais des individus dont la mort est en elle-même révoltante, comme l'est celle de chacun des autres déportés.

Un autre aspect de ce travail de mémoire consiste en la lumière jetée sur ceux qui ont été les agents actifs de ce génocide et dont Jacques est le représentant dans le roman. Au début de sa lecture du journal caché, Emma justifie son acte (p. 34) :

> Ce récit, je l'ai lu et relu. Je m'en suis remplie jusqu'à la nausée, sans faiblir.
> Pour comprendre...
> Pour comprendre quoi ?

On est tenté de répondre, à la fin du roman : pour comprendre comment on peut devenir aussi froid que Jacques face à l'entreprise d'extermination, comment on peut savoir et comme Anna ne pas

Le mur des noms au mémorial de l'Holocauste de Yad Vashem à Jérusalem. Quelle impression vous laisse l'observation de ce photo-montage?

réagir. Mais conçoit-on vraiment cela ? Lorsqu'elle referme le cahier, Emma est en proie à plus de questions que de réponses (p. 152) :

> On pouvait donc dissimuler à ce point ? Et si ma grand-mère avait pu le faire, combien d'autres tout comme elle ?

Groupement de textes : « Zakhor », souviens-toi

Primo Levi, *Si c'est un homme*

« Vous qui vivez en toute quiétude
Bien au chaud dans vos maisons

Vous qui trouvez le soir en rentrant
La table mise et des visages amis
Considérez si c'est un homme
Que celui qui peine dans la boue,
Qui ne connaît pas de repos,
Qui se bat pour un quignon de pain,
Qui meurt pour un oui pour un non.
Considérez si c'est une femme
Que celle qui a perdu son nom et ses cheveux
Et jusqu'à la force de se souvenir,
Les yeux vides et le sein froid
Comme une grenouille en hiver.
N'oubliez pas que cela fut,
Non, ne l'oubliez pas :
Gravez ces mots dans votre cœur.
Pensez-y chez vous, dans la rue,
En vous couchant, en vous levant;
Répétez-les à vos enfants.
Ou que votre maison s'écroule;
Que la maladie vous accable,
Que vos enfants se détournent de vous. »

Éditions Robert Laffont.

Quelques-unes des victimes de Sobibor

« ***Tomas Kulka***
Olomouc, Tchécoslovaquie
Né le 25 mars 1934

Les parents de Tomas étaient juifs. Son père, Robert Kulka, était un homme d'affaires originaire d'Olomouc, une ville de Moravie. Sa mère, Elsa, était modiste à Brno, la capitale de la Moravie. Le couple, aisé, parlait tchèque et allemand. Ils s'étaient mariés en 1933 et s'étaient installés dans la ville natale de Robert : Olomouc.

1933-1939 : Tomas naquit un an et un jour après le mariage de ses

parents. Quand Tomas eut trois ans, son grand-père mourut et les Kulka partirent s'installer à Brno, la ville natale de sa mère. Le 15 mars 1939, quelques semaines avant le cinquième anniversaire de Tomas, les Allemands entrèrent en Bohême et en Moravie et occupèrent Brno.
1940-1942 : Le 2 janvier 1940, Tomas, ses parents et sa grand-mère furent expulsés de chez eux par les Allemands. Espérant sauver l'entreprise familiale, le père de Tomas décida de rester à Brno. Tomas étant juif, il ne fut plus autorisé à fréquenter l'école. Un an plus tard, les parents de Tomas furent contraints de céder leur entreprise à un Allemand pour quelque deux cents couronnes tchèques, soit moins de dix euros. Le 31 mars 1942, les Kulka furent déportés dans le ghetto de Theresienstadt situé à l'ouest de la Tchécoslovaquie.

Le 9 mai 1942, Tomas fut déporté dans le camp d'extermination de Sobibor où il fut gazé. Il avait sept ans. »

« Jacob Unger
Pologne
Né le 14 juillet 1871

Jacob vivait à Essen, en Allemagne, quand il rencontra et épousa Erna Schumer qui, comme lui, provenait d'une famille juive pratiquante. Le couple eut deux enfants, Max, en 1923, et Dora, en 1925. Jacob travaillait comme vendeur et, le soir, donnait des cours d'hébreu à des étudiants.
1933-1939 : En 1933, lorsque Hitler arriva au pouvoir, Jacob partit pour Amsterdam pour voir s'il pouvait y installer sa famille. Toutefois, Erna ne voulait pas quitter ses trois sœurs qui vivaient elles aussi à Essen. Elle pensait aussi que la famille serait davantage en sécurité si elle restait en Allemagne. Après les pogroms qui frappèrent tout le pays en novembre 1938, les Unger s'enfuirent finalement vers les Pays-Bas. Là-bas, réfugiés sans le sou, la famille Unger se sépara : Max et Dora furent confiés à des organisations juives.
1940-1944 : Les Allemands envahirent les Pays-Bas en mai 1940. Pendant trois ans, Erna et Jacob survécurent en se cachant. Le 17 avril 1943, ils furent envoyés dans le camp de transit de Westerbork aux

Pays-Bas puis déportés sept jours plus tard vers le camp d'extermination de Sobibor, en Pologne.

Jacob fut gazé à Sobibor en 1943, à l'âge de soixante-douze ans. »

« ***Eva Brigitte Marum***
Karlsruhe, Allemagne
Née le 17 juillet 1919

Eva Brigitte était la benjamine des trois enfants d'une famille de Juifs allemands. Ils vivaient dans la capitale du Bade, un État longeant le Rhin au sud-ouest de l'Allemagne. Ses amis et camarades de classe l'appelaient Brigitte et sa famille la surnommait « Brix ». Elle grandit au sein d'un foyer laïque et fréquenta les écoles publiques. Son père était un dirigeant local du parti social-démocrate.

1933-1939 : En 1933, les nazis se rendirent chez les Marum et arrêtèrent le père d'Eva parce qu'il était un antinazi actif. Deux mois plus tard, elle le vit soudain « mis en spectacle » dans les rues, dans un camion découvert, publiquement humilié sur le chemin qui le menait vers un camp de concentration. Après cela, Eva refusa de rester à l'école. Après la mort de son père, sa mère et elle émigrèrent en France en avril 1934.

1940-1943 : Les Français libérèrent Eva d'un camp d'internement pour les étrangers, mais la situation empira lors de la défaite française en 1940. En 1941, la sœur d'Eva obtint des places sur un bateau à vapeur et des visas de sortie vers l'Amérique pour elle-même, pour Eva et leur mère, mais Eva était enceinte de neuf mois et les commandants du bateau ne la laissèrent pas monter à bord. Toute seule, abandonnée par le père de son bébé, Eva mit au monde son enfant à Marseille. Incapable de subvenir aux besoins de son fils, elle le plaça lorsqu'il eut un an dans un foyer pour enfants juifs réfugiés à Limoges.

Prise dans une rafle dans le sud de la France en janvier 1943, Brigitte fut déportée à Sobibor, où elle mourut. Son fils survécut et fut emmené en Palestine en 1945. »

L'Encyclopédie multimédia de la Shoah.

Planche de Tardi, « Libération », 27 janvier 2000.

à vous...

1 – Refaites le schéma des personnages autour d'Emma (voir « de vous à nous » p. 222) et situez dans cette configuration les personnages suivants à la fin du roman : Mamouchka, son grand-père, son père, sa mère, Julien, ses camarades du lycée, M. Prade (le directeur du supermarché). Que constatez-vous ? Et s'il fallait y placer Eva, où la placeriez-vous ? Pourquoi ?

2 – En exergue de son livre *Meurtres pour mémoire*, l'écrivain Didier Daeninckx place la phrase suivante : « En oubliant le passé, on se condamne à le revivre. »
Cette phrase pourrait-elle convenir au roman de Jean Molla ? Vous développerez un avis argumenté à ce sujet.

3 – Lors d'une journée de commémoration de la libération du camp d'Auschwitz, le dessinateur de bande dessinée Tardi a créé la planche ci-contre (parue dans le journal *Libération*, 27 janvier 2000). Comment la comprenez-vous ? Vous expliquerez en quoi elle évoque la nécessité de ne pas oublier l'extermination des Juifs.

Bilans

Le récit d'une histoire bouleversée

La chronologie des faits

Entre le début et la fin du roman, il ne se passe que quelques heures à peine : les deux derniers paragraphes font écho aux deux premiers. Peu de changements entre ces deux moments, mais ce sont ceux de la fin qui sont racontés au présent ; le texte s'ouvrait au passé composé, situant le moment de l'écriture peu après l'événement final. Le roman se fait donc sur un mode rétrospectif : une jeune fille se souvient de son propre passé et découvre comme malgré elle un passé familial enfoui. On peut reconstituer ainsi la chronologie des faits racontés :

Le passé familial – Pendant la guerre, Anna et Jacques Desroches travaillent et s'aiment dans le camp d'extermination de Sobibor. À la fin de la guerre ses grands-parents se retrouvent après avoir été séparés et forment un couple idéal en mentant à tout le monde sur leur passé.

Le passé personnel

Il y a quelques années : à treize ans, à la suite d'un régime, Emma est devenue anorexique.

Depuis un an : une nuit d'avril, Mamouchka, atteinte d'une tumeur au cerveau, fait un cauchemar où elle prononce les mots qui mettent Emma sur la piste de Sobibor.

Un matin de novembre, Mamouchka meurt. Le lendemain de son enterrement, c'est Julien, le copain d'Emma, qui évoque le premier son anorexie.

Depuis la fin du mois de novembre, Emma a trouvé et lu le journal de Jacques Desroches, elle en a identifié l'auteur et a cherché à se suicider.

Elle passe cinq mois à l'hôpital puis retombe dans l'anorexie à son retour chez elle.

La dernière semaine : elle lance un appel à l'aide en volant des biscuits au centre commercial. Le lendemain elle va discuter avec le directeur du centre commercial puis elle rend visite à son grand-père pour le condamner.

Pendant la nuit, le grand-père se suicide.

Emma prend la décision de tout révéler et d'assumer, c'est son dernier vomissement .

L'enchâssement des époques

L'histoire d'Emma est celle d'un rapport complexe à l'histoire. Le récit porte les marques de cette relation perturbée à la temporalité : les époques s'entremêlent, se chevauchent les unes les autres et finalement le passé vient s'immiscer dans le présent. Si l'on fait le plan des chapitres, en suivant l'ordre de la narration, cela donne le tableau suivant :

Chapitre	Passé familial et historique	Passé personnel d'Emma	Trame du récit
	Mort de Simon et Eva Hirshbaüm.		Emma annonce que son dernier vomissement a eu lieu.
1		Vol au supermarché.	
2	Premières révélations pendant le cauchemar de la grand-mère.	Lendemain du vol. Quelques mois plus tôt : dépression et hospitalisation. Un an auparavant : le cauchemar de sa grand-mère.	
3	Journal de Jacques Desroches : l'entrée en clandestinité d'un Français dans la Waffen SS.	Lecture des premières pages du journal.	

4	Récit du passé mythique des grands-parents.	Mort de Mamouchka. Premier régime à treize ans, entrée dans l'anorexie. Découverte des vomissements.	
5	Recherches d'Emma sur Sobibor.	Enterrement de Mamouchka.	
6		Lendemain de l'enterrement, visite de Julien. C'est lui qui parle d'anorexie à ses parents.	
7		Scène du bain (désir de purification).	
8		Fin novembre, Emma découvre le journal de Jacques Desroches.	
9	20 janvier 1942, on retrouve les premières pages, lues au chapitre 3.	Description du journal, Emma le lit et réagit.	
10	21 février-18 juillet 1942 : récit de la vie au camp. Idylle entre Jacques et Anna.	Réactions d'Emma à la fin de cette lecture. Réflexions sur le devoir de mémoire.	
11	21 juillet 1942-30 mai 1943 : Jacques assassine Simon et Eva. Il s'enfuit du camp avec Anna.		
12		Emma découvre les photos dans les couvertures du cahier et tente de se suicider.	

13		Emma est internée à l'hôpital (voir chapitre 2).	
14		Emma analyse sa situation et commence à comprendre les raisons de son anorexie. Elle retombe dans cette maladie. Emma explique le vol au supermarché.	
15		Emma demande des conseils au directeur du supermarché.	
16		Confrontation entre Emma et son grand-père.	
17	Le grand-père raconte la fin du camp et sa fin de guerre.		
18	Emma imagine comment sa grand-mère a pu conserver ce journal.	Emma condamne son grand-père et annonce qu'elle va révéler tout ce qu'elle sait et faire publier le journal.	
19			Le grand-père s'est suicidé. Emma décide d'assumer le passé de son grand-père et de guérir. Dernier vomissement.

Des personnages opaques

Personnages historiques ou invention romanesque ?

Lorsqu'il nous parle de son livre, Jean Molla évoque la tension entre la part historique de son travail, des recherches nombreuses et précises, et la part d'invention. Dans un cadre qui se rapproche le plus possible de ce qu'a réellement été le camp de Sobibor, il place des personnages fictifs qu'il a inventés pour pouvoir raconter cette histoire. Voici les réponses qu'il donne à ce sujet :

Jacques, von Lebbe, Anna sont-ils des personnages inventés ou correspondent-ils à des personnages ayant réellement existé ?
Je les ai inventés mais ils sont probables, de tels hommes ont pu exister. Le journal de Jacques est inventé de toutes pièces, il n'existe pas dans la réalité mais c'est la documentation historique qui le rend réaliste. Le roman comporte cependant nombre de clins d'œil à l'histoire. Ainsi le journal commence le 20 janvier 1942, jour de la conférence de Wannsee, c'est-à-dire que la trajectoire du personnage commence le jour où a été décidée la mise en œuvre de la solution finale.

En construisant les personnages, il m'intéressait de montrer les relations troubles qui se créent entre Konrad von Lebbe et Jacques, relations de séduction, de domination. On peut deviner la jalousie de von Lebbe lorsqu'il apprend la relation entre Jacques et Anna. Ce n'est pas n'importe quel auteur qu'il cite pour appuyer son argumentation, c'est André Gide. Il prend des risques énormes pour protéger Jacques. Pourquoi ? Au lecteur de s'interroger.

Dans votre livre Jacques Desroches n'est pas jugé, ni par un tribunal puisqu'il se suicide ni même par Emma qui lui déclare « Je ne te juge pas, je te condamne » ; n'y a-t-il pas pourtant nécessité de juger Jacques Desroches ?
Si, le jugement est nécessaire mais Emma, lorsqu'elle prononce cette phrase, n'est pas dans le domaine de la raison. Les mots la dépassent et elle perd le contrôle de ce qu'elle dit. J'ai voulu tempérer cette violence par la citation de Paul Eluard, extraite d'un poème écrit pour la mort de

sa femme, un poème d'amour : « Voici le jour en trop, le temps déborde. » On est à ce moment du roman au stade de la prise de conscience, de la réflexion alors que la scène entre Emma et son grand-père est de l'ordre de l'affrontement, de la tragédie, de la pure violence.

Quant au suicide du grand-père, c'est un écho des suicides des responsables nazis qui ont souvent choisi de se suicider plutôt que d'affronter des juges, de rendre des comptes : Hitler et Eva Braun, sa femme, se suicident, Himmler, Goebbels ou encore, parmi ceux qui sont cités par le roman, Wagner et Globocnic se suicident.

Une certaine complexité des personnages

Souvenez-vous de ce que nous disait Jean Molla lorsqu'il évoquait sa façon d'envisager la littérature pour adolescents : il s'agissait pour lui de créer des personnages ambigus, non manichéens. Est-ce vraiment le cas ? N'y a-t-il pas ici d'un côté les gentils et de l'autre les méchants ?

Bien sûr il ne s'agit pas de réhabiliter le grand-père d'Emma mais ne conserve-t-il pas une part d'humanité dans sa passion amoureuse ? Une part bien embarrassante : on voudrait qu'il soit un monstre absolu, inhumain ; mais il conserve une dimension bien humaine dans son amour pour Anna. Plus encore le personnage de Mamouchka nous intrigue : que sait-elle réellement de ce camp dans lequel elle accepte de vivre les yeux et les oreilles fermés à ce qui se passe autour d'elle ? Pourquoi se borne-t-elle à cet acte dérisoire de donner à manger aux déportés à la suite du meurtre dont elle a été témoin ? À cela, Jean Molla répond :

« Effectivement, on peut avoir du mal à comprendre les motivations des personnages. Anna cherche d'abord à ne pas savoir puis elle ne condamne pas définitivement Jacques : est-ce par amour ? parce qu'il lui a sauvé la vie ? Mais elle conserve une trace, le journal de Jacques, alors qu'elle sait que c'est dangereux. Ce n'est pas un personnage courageux, elle s'est laissé porter par les événements. Il me plaît de savoir que quelque chose nous échappe des personnages, qu'on reste dans l'interrogation, comme dans la vie. »

Et du côté d'Emma ? Elle n'est pas simple non plus. Sa violence n'est pas sans rappeler, on l'a vu, celle de Paul Lachenal. Violence des mots, violence des gestes, ce n'est pas exactement une figure de jeune fille gentille. Elle vient provoquer son grand-père et ne lui épargne rien lors de la grande scène finale. Ses sentiments sont complexes, faits de haine pour le passé si longtemps tu de ses grands-parents et pour le mensonge qu'ils ont réussi à mettre sur pied, mais aussi faits d'amour et de nostalgie ainsi que l'indique la citation du poème écrit par Eluard lors de la mort de Nusch, sa femme. Il serait si simple de pouvoir simplement haïr : il est bien plus douloureux de ne pas pouvoir se débarrasser d'un sentiment filial envers ceux que l'on sait coupables du pire.

À l'origine du livre, écrire sur Sobibor

Jean Molla, dans le roman vous placez l'une à côté de l'autre, liées, deux thématiques : l'anorexie et le dévoilement du camp de Sobibor, y en a-t-il une plus importante que l'autre ?
Au départ je voulais évoquer l'anorexie, puis en travaillant s'est imposée l'idée d'un secret de famille, j'ai d'abord pensé à un grand-père milicien puis j'ai poussé à l'extrême cette idée en faisant de mon personnage quelqu'un qui endosse l'uniforme de la Waffen-SS.

Et c'est l'histoire du camp qui est devenu le sujet essentiel. C'est pourquoi le journal de Jacques Desroches est encadré par le récit fait par Emma, il est le cœur noir du roman. Mais il était capital que cette parole soit balisée, contredite par celle d'Emma. Il ne fallait pas que ce soit Jacques qui dise le dernier mot.

Quelles ont été les sources à l'origine de ce roman ?
Je citerai les livres de Léon Poliakov, *Le Mythe aryen,* par exemple, écrit pour essayer de comprendre comment cette idéologie s'est constituée; de Pierre-André Taguieff, *La Couleur et le sang* , ou encore *L'Imprescriptible,* de Vladimir Jankélévitch, *Eichmann à Jérusalem : rapport sur la banalité du mal* de Hannah Harendt, les récits de Primo Lévi et de Imre Kertész, ou encore *Le Concept de Dieu après Auschwitz,* de

Hans Jonas. De nombreux livres d'histoire également, dont je n'ai pas retenu les titres.

J'ai choisi de parler de Sobibor plutôt que d'un autre camp parce que j'avais été frappé par la destruction intégrale de ce camp et la volonté des nazis de faire disparaître les traces de leurs forfaits. D'ailleurs, lors de l'écriture, j'ai eu beaucoup de mal à trouver des documents sur ce camp. Or, il m'était important de ne rien inventer à ce sujet. Je me souviens avoir pensé situer l'action ailleurs, à Treblinka par exemple. J'ai abandonné cette idée, je voulais parler de Sobibor. J'ai fini par trouver des témoignages, dans des livres d'historiens et sur Internet.

A-t-on le droit d'écrire sur les camps?

C'est une question que je me suis évidemment posée, c'est pourquoi j'ai choisi d'adopter le point de vue d'un bourreau. Il m'a paru impossible, voire immoral, de prendre le point de vue d'une victime de la Shoah. Mais j'ai aussi ressenti la nécessité de parler de cette histoire-là. Je suis professeur et quand je demandais à mes élèves s'ils savaient ce qui c'était passé, ils répondaient que oui, mais en réalité ils ne savaient pas. Ils ne connaissaient pas par exemple dans quelles conditions on transportait les Juifs jusqu'aux camps : la chaleur, le froid, l'entassement, la peur, l'humiliation... Emma dit dès le début du roman une phrase essentielle : « Je peux tout réciter mais je ne comprends rien. » Or l'histoire, cette histoire-là, ne doit pas mener à ce constat.

Annexes

De vous à nous

Arrêt sur lecture 1 (p. 54)

1 - Emma amoureuse : il y a un an, Angoulême.
- Emma voleuse dans un grand magasin : date repère, début du récit, Angoulême.
- Cauchemar de Mamouchka : il y a un an, nuit d'avril, chez les grands-parents.
- Mamouchka jeune commence à apprendre le violon : enfance, avant la guerre, Varsovie.
- Eva Hirschbaum vit en famille pendant la guerre, 1943, Amsterdam.
- Mort d'Eva Hirschbaum : Sobibor 1943.

3 – *Hors de la sphère d'Emma :*
ceux qu'elle ne voit qu'une fois, par hasard
Le directeur du supermarché

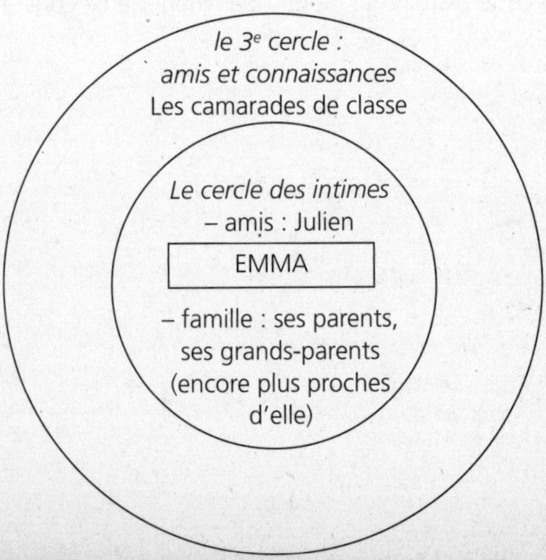

On insistera sur le relatif isolement d'Emma qui se coupe de ses amis, sur la difficulté de parler avec ses parents et sur l'impossibilité pour l'instant de situer Eva et Jacques par rapport à Emma.
5 - Pour ce qui est de la fascination, on évoquera les domaines suivants : ordre, discipline, énergie (p. 37), aspect physique (p. 39), participer à un immense projet (p. 42), idées sur la gangrène démocratique (p. 36).

Quant aux justifications, on trouve : passer des mots aux actes : mettre ses idées en pratique (p. 35) ; mort du père à venger (p. 35) ; retrouver une élite raciale (p. 39) ; excitation du jeu (p. 45) ; lutter contre le bolchevisme (p. 35) ; construire un monde nouveau sur les ruines de l'Ancien (p. 37).

Arrêt sur lecture 2 (p. 95)

1 – a) On montrera que le récit tel qu'il est fait dépossède les grands-parents de leur libre arbitre : ils ne sont pas, dans le contexte de la guerre, ceux qui décident de leur sort, ils subissent les événements, d'abord imposés par les nazis puis par les armées de libération.
b) Le vocabulaire dit bien qu'il s'agit d'une histoire subie contre son gré : « réquisitionné », « captivité », « s'épuiser en travaux exténuants »… On relèvera aussi la question dans laquelle est évoquée la honte d'avoir travaillé en Allemagne.
c) Emma insiste sur le caractère idyllique d'une histoire d'amour « hors du commun », une histoire de « romans », un « mythe fondateur », une histoire « invraisemblable » : les bases du mensonge sont ainsi jetées.
d) On étudiera le système établi autour du passé simple, coupé de la situation d'énonciation : il s'oppose au passé composé qui est employé dans tout le roman. Pour l'interpréter on pourra montrer que c'est une façon de mettre à distance : parce que Emma ne l'a pas vécu et ne fait que raconter ce qu'on lui a raconté, parce qu'elle se place dans l'histoire romanesque et romancée, littéraire des grands-parents. On pourra évidemment compléter cette interprétation une fois le roman terminé au vu des nouveaux éléments sur ce passé.
2 – On voit bien que Julien a une importance narrative réelle, il est souvent celui qui déclenche une action (un régime, la révélation de l'anorexie d'Emma), mais en même temps des éléments viennent limiter son importance : le régime coïncide curieusement avec le mois pendant lequel Mamouchka a parlé dans son cauchemar, il parle d'anorexie mais la réaction

des parents d'Emma n'est pas celle qu'il faut (la mère est flattée que sa fille ait une maladie « pour l'élite »).

4 – On pourra montrer que les deux adolescentes vivent un isolement de plus en plus grand : la maladie les coupe du monde, détruit les liens avec les autres, adultes mais aussi adolescents. On étudiera le rapport aux parents, et notamment le regard sans complaisance porté sur leur mère et l'attitude qu'elle prend, dans le témoignage comme dans le livre, face à la maladie. On soulignera aussi la violence de l'expression qu'elles ont en commun : leur langage se veut blessant, familier voire trivial (niveau de langue, champ lexical,etc.).

Arrêt sur lecture 3 (p. 148)

1 – On pourra montrer que ce journal est très fidèle à la réalité historique tant dans la description des lieux que dans la présentation des différents personnages du camp qui ont presque tous réellement fait partie du personnel de Sobibor. Molla suit aussi de près ce que l'on sait des origines des trains de déportés et des rythmes d'arrivée de ces trains (les deux vagues de déportation interrompues par les travaux) : ainsi il date l'arrivée d'un convoi de Westerbork, celui d'Eva et Simon Hirschbaum, du 21 mai 1943, ce qui correspond bien à la réalité historique. Mais le journal s'arrête avant la fin du camp, la dernière date étant celle du 4 juin 1943. Jacques Desroches a demandé à être déplacé à la suite du meurtre d'Eva Hirschbaum et sa mort est annoncée et datée du 3 juillet. Il n'a donc pas assisté à la révolte des déportés et au démantèlement du camp.

2 – On pourra expliquer l'emploi des euphémismes (« visiteurs » au 15 avril 1942 ou « matériel humain » dont il est question le 8 août 1942) pour désigner les déportés. On fera remarquer aussi les marques d'un jugement spécifique lorsqu'il est question des « terroristes tchèques » qui ont assassiné Reinhard (10 juin 1942), de la « racaille bolchevique » (2 juillet 1942) ou encore du « sinistre petit crétin » pour désigner le fils d'Eva Hirschbaum (30 mai 1943).

3 – On insistera sur l'importance du point de vue, sur le jugement porté sur l'événement.

4 – Il s'agit de montrer que les pages arrachées présentent des moments clés de l'histoire personnelle du collaborateur : le moment où il apprend la véritable nature du camp (chapitre 10 entre le 15 avril et le 8 juin 1942) et la période pendant laquelle a lieu le meurtre d'Eva Hirschbaum (chapitre 11 entre le 26 avril et le 30 mai 1943).

Arrêt sur lecture 4 (p. 213)

1 – Voilà le schéma complété :

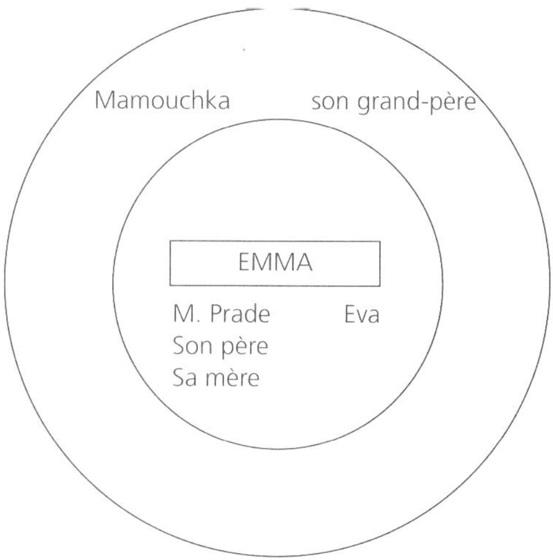

On remarque que les alliances ont changé et qu'Emma s'est détachée de sa famille, elle a rejeté son grand-père, l'a condamné, mais d'un autre côté elle maintient un lien avec lui : ses derniers mots sont tirés d'un poème d'amour et elle reprend son nom. On remarque aussi que les camarades de son âge, même Julien, ont disparu de ses centres d'intérêt. Enfin celui qui s'était introduit par hasard dans le cercle de ses connaissances, le directeur du supermarché, est devenu une aide, celui à qui l'on peut parler et demander conseil dans un monde où la parole est maladroite (la mère), absente (le père) ou truquée (le grand-père).

Quant à Eva elle est devenue une personne extrêmement proche : le prénom même d'Emma semble avoir été choisi en référence à cette femme, et Emma lui accorde une grande place dans sa pensée, c'est aussi pour elle, victime de Jacques, qu'elle décide de reprendre le nom de Desroches.

2 – On pourra insister sur le parallèle avec l'histoire familiale d'Emma : le passé est tenu secret et refait surface lors de la deuxième crise d'anorexie de la jeune fille. Mais les différences sont frappantes : le passé n'est pas véritablement oublié, il est volontairement masqué (changements de noms), il n'est pas véritablement nié pour autant car lorsqu'il parle avec elle, le grand-père ne regrette rien, pour lui Eva reste avant tout une Juive (p. 70), alors que la question d'Emma portait sur sa nationalité. Le grand-père est resté fidèle à ses idéaux de jeunesse. On fera remarquer de plus que le choix de Sobibor empêche l'identification du corps d'Emma avec celui des Juifs exterminés dans ce camp : à Sobibor, les Juifs gazés n'avaient pas le temps de devenir squelettiques, ils étaient gazés dès leur arrivée. C'est pourquoi l'anorexie d'Emma, si elle est liée au secret familial, n'est pas une façon de revivre la déportation dans son corps.

3 – On pourra comparer les structures parallèles dans la bande dessinée (vignettes 2 et 3 à confronter aux vignettes 5 et 6) et étudier l'évolution du lieu (vignettes 1, 7, 8 et 9) : apparition progressive des monstres et destruction complète du paysage (maison, jardin, clôture). On justifiera l'allusion à l'holocauste dans la seconde partie de la bande dessinée (explicitation de la métaphore dessinée).

Que sont-ils devenus ? Du sort des soldats SS de Sobibor

Dans le roman, Jean Molla prend pour personnages secondaires des soldats SS qui ont réellement existé et qui ont bien tenu la position que Molla leur donne dans son récit. Le site http://www.memoire-juive.org/ nous apprend ce qu'ils sont devenus après la fermeture du camp et leur sort après la fin de la guerre.

Bauer, Erich : arrêté à Berlin puis jugé en 1950, il a été condamné à la prison à vie ; il y est mort en 1980.
Bolender, Kurt : on l'a arrêté en mai 1961 dans un hôtel de Hambourg où il travaillait comme portier. Il se suicide dans sa prison en décembre 1965.
Floss, Herbert : les gardes ukrainiens l'ont tué peu après la révolte de Sobibor, en novembre 1943.
Globocnic, Odilo : au moment de son arrestation, le 21 mai 1945, il se suicide.
Groth, Paul : il a disparu à la fin de la guerre, et un tribunal allemand l'a déclaré mort en 1951.

Lachmann, Erich : il déserte alors qu'il est envoyé à Treblinka, il a été arrêté et condamné par un tribunal SS à six ans de prison. Il est à nouveau arrêté après la guerre. Le procès de Hagen en 1966 décide de le libérer.
Lambert, Erwin (participation à l'installation des chambres à gaz) : il est jugé au cours du procès de Sobibor à Hagen en 1966 et condamné à trois ans de prison.
Michel, Hermann : la police américaine l'arrête puis le relâche en 1946, il disparaît. Il a peut-être vécu en Égypte dans les années 1950.
Stangl, Franz : il s'est enfui et ce n'est qu'en 1967 qu'on l'a retrouvé au Brésil, dans une usine Volkswagen. Jugé à Düsseldorf en 1970, il est condamné à la prison à perpétuité, et meurt d'une crise cardiaque, le 28 juin 1971.
Thomalla, Richard : il a été exécuté le 12 mai 1945 en URSS.
Wagner, Gustav : il s'est enfui avec Stangl au Brésil mais le gouvernement brésilien a refusé de l'extrader vers l'Allemagne. Selon des sources gouvernementales brésiliennes, il se serait suicidé en octobre 1980.
Wirth, Christian : il a été tué le 25 mai 1944.

Bibliographie

D'autres romans de Jean Molla

L'Attrape-Mondes, Gallimard, coll. « Hors pistes », 2003.
Felicidad, Gallimard, coll. « Scripto », 2005.
La Fille aux semelles de plomb, Grasset jeunesse, 2002.
Djamila, Grasset jeunesse, 2003.

Des livres sur la Shoah

Les livres sur la Seconde Guerre mondiale et sur les camps ne manquent pas. Citons deux publications récentes qui s'adressent directement à un public adolescent, bien documentées et illustrées :
La Shoah, « Les Clés de l'actualité », numéro spécial, Milan, 2005.
Stéphane Bruchfeld et **Paul A. Levine**, « *Dites-le à vos enfants* » – *Histoire de la Shoah en Europe, 1933-1945*, Ramsay, 2000.

...et un petit livre pour mieux comprendre

Annette Wieviorka, *Auschwitz expliqué à ma fille*, Seuil, 1999.

Quelques témoignages

Paroles de la Shoah, Anthologie établie par Patrice Kleff, GF Flammarion, « Étonnants classiques », 2002.
Collectif, *Paroles d'étoiles – Mémoire d'enfants cachés 1939-1945*, Flammarion, coll. « Librio », 2002.
Geneviève de Gaulle Anthonioz, *La Traversée de la nuit*, Seuil, 1998.
Claude Lanzmann, *Shoah*, Gallimard, coll. « Folio », 1985.
Primo Levi, *Si c'est un homme*, Éditions Robert Laffont, 1987 ; *Les Naufragés et les rescapés*, Gallimard, coll. « Arcades », 1989.
Jorge Semprun, *Le Grand Voyage*, Gallimard, coll. « Folio », 1991.
Elie Wiesel, *La Nuit*, Éditions de Minuit, 1958.

Sites de documentation

http://www.deathcamps.org/sobibor/sobiboroverview.html : site en anglais qui présente de nombreuses informations, des plans et des photos .
http://www.ushmm.org/wlc/fr/ : encyclopédie multimédia de la Shoah, une page est consacrée au camp de Sobibor (onglet à trouver dans celle des camps d'extermination), avec photos, témoignages et chronologie.
http://www.memoire-juive.org/ : site de Dominique Nathanson, professeur d'histoire, animé d'une volonté d'expliquer de façon claire, riche et pédagogique. Les entrées dans le site sont multiples : documents historiques, témoignages, littérature, dessins…

TABLE DES MATIÈRES

Dans la même collection

Collège – Texte et dossier

La Bible (textes choisis) (73)
50 poèmes en prose (anthologie) (113)
La création du monde (anthologie) (163)
Dracula et compagnie (9 nouvelles) (162)
La farce de maître Pathelin (117)
Le ghetto de Varsovie (anthologie) (133)
Lettres de 14-18 (anthologie) (156)
Les mille et une nuits (textes choisis) (161)
Le plaisir de la lecture (anthologie) (184)
La poésie engagée (anthologie) (68)
La poésie lyrique (anthologie) (91)
Le roman de Renart (textes choisis) (114)
Rome (anthologie bilingue) (118)
Victor Hugo, une légende du 19e siècle (anthologie) (83)
25 fabliaux (74)
Voyage au pays des contes (anthologie) (172)
Homère, Virgile, Ovide – **L'Antiquité** (textes choisis) (16)
Alphonse Allais, Marcel Aymé, Eugène Ionesco – **3 nouvelles comiques** (195)
Marcel Aymé – **Les contes du chat perché** (contes choisis) (55)
Honoré de Balzac – **La maison du Chat-qui-Pelote** (134)
Honoré de Balzac – **La vendetta** (69)
Pierre-Marie Beaude – **La maison des Lointains** (142)
Robert Bober **Quoi de neuf sur la guerre ?** (56)
Robert de Boron – **Merlin** (textes choisis) (164)
Évelyne Brisou-Pellen – **Le fantôme de maître Guillemin** (18)
Alejo Carpentier, Yukio Mishima, Ray Bradbury – **3 nouvelles étrangères** (196)
Blaise Cendrars – **L'or** (135)
Jules César – **La guerre des Gaules** (192)
Raymond Chandler – **Sur un air de navaja** (136)
Chrétien de Troyes – **Le chevalier au lion** (65)
Arthur Conan Doyle – **Le chien des Baskerville** (75)
Pierre Corneille – **La place royale** (124)
Pierre Corneille – **Le Cid** (7)

Jean-Louis Curtis, Harry Harrison, Kit Reed – **3 nouvelles de l'an 2000** (43)
Didier Daeninckx, Chantal Pelletier, Jean-Bernard Pouy – **3 nouvelles noires** (194)
Didier Daeninckx – **Meurtres pour mémoire** (35)
Roald Dahl – **Escadrille 80** (105)
Alphonse Daudet – **Lettres de mon moulin** (42)
Michel Déon – **Thomas et l'infini** (103)
Régine Detambel – **Les contes d'Apothicaire** (2)
André Dhôtel – **Un adieu, mille adieux** (111)
François Dimberton, Dominique Hé – **Coup de théâtre sur le Nil** (41)
Alexandre Dumas – **La femme au collier de velours** (57)
Georges Feydeau – **Feu la mère de Madame** (47)
Émile Gaboriau – **Le petit vieux des Batignolles** (80)
Romain Gary – **La vie devant soi** (102)
Théophile Gautier – **Le roman de la momie** (157)
William Golding – **Sa Majesté des Mouches** (97)
Victor Hugo – **L'intervention** (119)
Franz Kafka – **La métamorphose** (128)
Eugène Labiche – **Un chapeau de paille d'Italie** (17)
Jean de La Fontaine – **Fables** (choix de fables) (52)
J.M.G. Le Clézio – **Pawana** (112)
Gaston Leroux – **Le cœur cambriolé** (115)
Virginie Lou – **Un papillon dans la peau** (166)
Marie de France – **Lais** (146)
Marivaux – **Arlequin poli par l'amour** et **La surprise de l'amour** (152)
Guy de Maupassant – **13 histoires vraies** (44)
Prosper Mérimée et *Théophile Gautier* – **Carmen** et **Militona** (158)
Prosper Mérimée – **Mateo Falcone** et **La Vénus d'Ille** (76)
Molière – **George Dandin** (87)
Molière – **L'Avare** (66)
Molière – **Le bourgeois gentilhomme** (33)
Molière – **Le malade imaginaire** (110)
Molière – **Le médecin malgré lui** (3)
Molière – **Les femmes savantes** (34)
Molière – **Les fourberies de Scapin** (4)
Jean Molla – **Sobibor** (183)

James Morrow – **Cité de vérité** (6)
Arto Paasilinna – **Le lièvre de Vatanen** (138)
Charles Perrault – **Histoires ou contes du temps passé** (30)
Marco Polo – **Le devisement du monde** (textes choisis) (1)
Arthur Rimbaud – **Poèmes et correspondance choisis** (199)
René Réouven – **3 histoires secrètes de Sherlock Holmes** (175)
Jules Romains – **Knock** (5)
Edmond Rostand – **Cyrano de Bergerac** (130)
Antoine de Saint-Exupéry – **Lettre à un otage** (123)
George Sand – **La petite Fadette** (51)
Jorge Semprun – **Le mort qu'il faut** (122)
John Steinbeck – **La perle** (165)
Robert Louis Stevenson – **L'île au trésor** (32)
Jonathan Swift – **Voyage à Lilliput** (31)
Michel Tournier – **Les Rois mages** (106)
Paul Verlaine – **Romances sans paroles** (67)
Jules Verne – **Le château des Carpathes** (143)
Voltaire – **Zadig** (8)
Émile Zola – **J'accuse!** (109)

Lycée – Texte et dossier

128 poèmes composés en langue française, de Guillaume Apollinaire à 1968 (anthologie de Jacques Roubaud) (82)
Le comique (registre) (99)
Le dialogue (anthologie) (154)
Le didactique (registre) (92)
Écrire des rêves (anthologie) (190)
L'épique (registre) (95)
La forme brève (anthologie) (168)
Les mémoires (anthologie) (198)
New York (anthologie) (177)
La photographie et l'(auto)biographie (anthologie) (132)
Portraits et autoportraits (anthologie) (101)
Pratiques oulipiennes (anthologie) (147)
Le satirique (registre)(93)
Le tragique (registre) (96)

Guilleragues – **Lettres portugaises** (171)
E.T.A. Hoffmann – **L'homme au sable** (108)
Victor Hugo **Les châtiments** (13)
Victor Hugo – **Le dernier jour d'un condamné** (46)
Eugène Ionesco – **La cantatrice chauve** (11)
Sébastien Japrisot – **Piège pour Cendrillon** (39)
Alfred Jarry – **Ubu roi** (60)
Thierry Jonquet – **La bête et la belle** (12)
Franz Kafka – **Le procès** (140)
Madame de Lafayette – **La princesse de Clèves** (86)
Jean Lorrain – **Princesses d'ivoire et d'ivresse** (98)
Naguib Mahfouz – **La Belle du Caire** (148)
Marivaux – **Le jeu de l'amour et du hasard** (9)
Roger Martin du Gard – **Le cahier gris** (53)
Guy de Maupassant – **Bel-Ami** (27)
Guy de Maupassant – **Une vie** (26)
Henri Michaux – **La nuit remue** (90)
Patrick Modiano – **Dora Bruder** (144)
Patrick Modiano, Marie Ndiaye, Alain Spiess – **3 nouvelles contemporaines** (174)
Molière – **Dom Juan** (mythe et réécritures) (84)
Molière – **L'école des femmes** (71)
Molière – **Le Misanthrope** (61)
Molière – **Le Tartuffe** (54)
Montaigne – **De l'expérience** (85)
Montesquieu – **Lettres persanes** (lettres choisies) (37)
Alfred de Musset – **On ne badine pas avec l'amour** (77)
Franck Pavloff – **Après moi, Hiroshima** (127)
Marcel Proust – **Combray** (131)
Raymond Queneau – **Les fleurs bleues** (29)
Raymond Queneau – **Loin de Rueil** (40)
Jean Racine – **Andromaque** (70)
Jean Racine – **Bérénice** (72)
Jean Racine – **Britannicus** (20)
Jean Racine – **Phèdre** (25)
Jean Renoir – **La règle du jeu** (15)
Shan Sa – **La joueuse de go** (150)

Lycée – En perspective

Pour plus d'informations :

http://www.gallimard.fr

ou

La bibliothèque Gallimard

5, rue Sébastien-Bottin – 75328 Paris cedex 07

Cet ouvrage a été composé
et mis en pages par In Folio à Paris,
achevé d'imprimer
sur les presses de l'imprimerie Hérissey
en octobre 2007.
Imprimé en France.

Dépôt légal : octobre 2007
Premier dépôt légal : octobre 2006
N° d'imprimeur : 106227
N° d'éditeur : 156039
ISBN 978-2-07-033667-8